光文社文庫

長編時代小説

雲の果（はたて）

あさのあつこ

光　文　社

目次

『雲の果』　おもな登場人物

木暮信次郎　北町奉行所定町廻り同心。
清之介　森下町にある小間物問屋「遠野屋」のあるじ。
伊佐治　木暮信次郎から手札をもらっている岡っ引。尾上町の親分と呼ばれる。小料理屋「梅屋」のあるじの傍ら、信次郎の小者として働いてきた。
おふじ　伊佐治の女房。店に不在がちな伊佐治に代わり、小料理屋「梅屋」を切り盛りしてきた。
太助　伊佐治の息子。もっぱら岡っ引として飛び回る伊佐治に代わって、小料理屋「梅屋」の料理人となる。
おけい　伊佐治の息子太助の嫁。小料理屋「梅屋」を手伝う。
信三　遠野屋の二番番頭。
おしの　遠野屋の大女将。
おみつ　遠野屋の女中頭。

雲の果（はたて）

第一章　もつれ雲

誰かが戸を叩いている。

遠慮がちな、吹きすさぶ風に掻き消されそうなその音を、わたしは聞き逃しませんでした。

昔から、耳は敏い方だったのです。

半刻近く待たされたけれど、それもいたしかたないこと。

いたしかたないことと、よくわかっているつもりでございます。

わたしは行灯にちらりと目をやり、明かりを確かめました。上質の油を吸った灯心は小気味よく燃えて、部屋を照らしております。

風がさらに激しさを増したのか、こぢんまりとした仕舞屋のあちこちが軋み始めました。まさか、吹き飛ばされることはないでしょうが、些か不気味には感じます。

不気味？

なぜ、そんな風に感じるのか？

どのように荒れた夜であろうと、人でないものが跋扈する夜半であろうと、あの方との逢瀬なのです。不気味とも不安とも無縁であるはず。ただ、溺れる、溺れて流されるときがあるだけなのに。

わたしは土間におりて、横猿に手をかけました。

ずくり。

心の臓が大きく鼓動を打ちました。

苦しくて、喉が詰まるようで、息の道が塞がれたようで手が止まりました。身体がよろめいて、肩が框にぶつかります。

怖い。

なぜか、怖くてたまらない。

なぜ、なぜ、なぜ……。この怯えはなぜ?

ほとほとほと。

また、戸が鳴ります。

この柔らかな、密やかな叩き方は紛れもなく、あの方のもの。

わたしは息を軽く吸い込み、猿を外しました。

戸を開けます。

風が吹き込んできました。

風は雨を、そして末枯れ葉を運んで参りました。足先にべたりとくっついてきた濡れ葉の冷たさに、身が縮みました。その拍子にまた、よろついたのです。

わたしは転びませんでした。

あの方の腕がしっかりと支えてくれましたから。

わたしはそのまま、しっかりと抱き竦められたのでございます。

仄かな香の香りを嗅ぎました。

嗅ぎなれたいつもの香りです。

逢瀬の後、己の肌からこの香りが立ち上ったとき、目眩を覚えました。残り香にさえ、心が蕩けるのです。

あの方は、わたしを抱いたまま戸を閉めました。そして、一言、囁いたのです。

「冷たい」

風ではなく、わたしの指先のことです。温かな手のひらがわたしの指を包み込みました。季節にかかわりなく、しんと冷えた指です。

ああ、温いこと。

同じ人間なのに、どうしてこうも温もりが違うのでしょうか。ほんの束の間、己が血の通わぬ木偶にでもなった気がいたしました。ええ、ほんの束の間……。瞬き一つ分に足りぬ間ではありましたが。

「火を熾しております」。わたしも囁きました。

仕舞屋は三間続きの平屋です。土間の上りにある一間で、一刻も前から炭を熾しています。部屋は心地よく温もっておりました。

わたしたちは縺れ合うようにして、その部屋に入りました。

風が鳴っています。

炭が火花を散らします。

臙脂の色の火の粉が散って、炭の弾ける音が響きました。耳を凝らさねば聞き取れないほどの微かな音でしたけれど、胸に染みました。言い知れぬ喜びと申しましょうか、熾火が我が胸に移ってさらに熱く燃え上がった如くと申しましょうか、そんな情を誘う音なのでございます。

隣の部屋には夜具を敷いております。

わたしがそれを告げるより先に、あの方の囁きがまた耳朶に触れました。

「帯を」

それだけで、わたしは火照り汗ばみます。

あの方の手がわたしの帯を解いていきます。

帯が解かれ、腰紐が足元に落ちました。蛇のように足元に絡みつきます。それを払い、わたしはあの方の胸にしなだれかかりました。

道ならぬ恋慕であると重々、わかっております。でも、誰にどれほど責められても、問拷(もんこう)されても構いはしません。今、このとき、この一時のためなら何を失っても悔いはないと言い切れます。

香が匂い立ち、わたしは目を閉じます。

風が鳴りました。雨の音も響きます。

風が……。

熱い。

腹が熱い。

灼熱(しゃくねつ)の棒、紅色(べにいろ)に焼けた鉄の棒で刺し貫かれた……のか。

わたしは呻(うめ)きを上げ、身を捩(よじ)りました。けれど、わたしの身体はしっかりと抱き竦められたままで、思うように動かない、動かせないのです。

あの方が覆(おお)い被(かぶ)さってきました。

音がしました。わたしの生身の裂ける音です。

身体の内側で低くうねる音でした。

わたしの腹の中に熱が広がります。

生臭い塊(かたまり)がせり上がってきました。

不意に、あの方が離れます。いえ、身を捩った勢いで、わたしが後ろに下がったのでしょうか。

よく、わかりません。

「ああ」と、自分が叫んだことだけはわかりました。

「これは……」

わたしの腹から白木の柄が飛び出しています。生えているようにも見えます。

灼熱の棒ではなく、短刀……。

でも、どうして、どうして……。

わたしは目を凝らして、あの方の姿を捉えようとしました。

見えない。

この世は闇に閉ざされようとしております。

闇が重い。粘り気のある闇が鼻からも口からも流れ込んできて、わたしの息を塞ぎます。

息ができない。

わたしは手を伸ばしました。

あの方へと手を伸ばし、助けを乞うたのです。

見えない。息ができない。苦しい。

お助けを。

わたしの指は空(くう)を摑(つか)みました。

闇が回ります。

床に倒れ込んだと、辛うじてわかりました。

口の中が血の臭いに満たされます。もう熱いとも痛いとも感じはいたしません。ただ、苦しい。息が苦しい。

わたしは力を振り絞り、喉を鳴らしました。

ごぼごぼと、鳴りました。唇の端から、どろりとした塊が流れ出ました。おそらく血、でしょう。息が少し、楽になりました。そして、目の前の闇が心持ち晴れたようにも思えます。

この明るさは……。

わたしの上に襖(ふすま)が燃えながら倒れてきました。

ああ、火です。火が壁を這(は)い上がっております。

わたしが行灯を倒したのでしょうか。

炎がわたしの頬を舐めました。

熱くも、痛くも、怖くもない。

縺(もつ)れ合う闇と炎は、とてつもなく美しい。

喉の奥がまた、鳴りました。

もう、塊を吐き出すことができません。

とてつもなく美しいものの中に、わたしはゆっくりと呑み込まれていきました。

指先はやはり、冷たいままでした。


昨夜の雨が嘘のように、江戸の空は晴れ上がった。

青い玻璃を思わせる空に、刷毛で一撫でしたような薄雲が浮かんでいる。天と地の間を、雁の群れが真っすぐに過っていった。

温かな日差しが降りてくる。

光の筋は触れたものを淡く金色に染めて、煌めいていながらどこか淋し気な風景を作り出してしまう。

淋しさは光だけではなく、風に葉を毟り取られ、半ば裸で揺れる枝や枝の先に止まり、高鳴きする百舌鳥のせいかもしれない。

森下町の小間物問屋、遠野屋の中庭にはいつも通り、病葉一枚落ちていない。雨風で、この庭も相当に荒れはしたが、今朝早くに、女中頭のおみつがきれいに片付けていた。

むろん、店先はさらに入念に掃き清められている。

店の戸が開いて、商(あきな)いが動き出す。そのざわめきが奥まで伝わってきた。肌から染みて、身体の芯に火を点(とも)す。胸を高鳴らせ、血の巡りを促す。そんな生き生きとした気配だ。

遠野屋の、いつもの朝がまた始まる。

いつもの朝だが、昨日とは違う。明日とも違う。今日は今日だけの出会いがあり、商いがある。綿々と続いていくものとただ一度だけの出会いであるものと、この世はその二つで成り立っているのだ。

この風景も……。

遠野屋主(あるじ)の清之介(せいのすけ)は、光に塗(まみ)れる庭を見詰めていた。

この風景も、明日にはない。

同じように金色に染まっていても、同じように煌きながら淋し気であっても、今日と明日では違ってくる。

一期一会(いちごいちえ)。

生涯に一度限りの縁(えにし)。

今日出会い明日には別れて、二度とまみえぬ人々や景。

人の一生には、存外多く、そんなものが散らばっているような気がする。

清之介は小さく、かぶりを振った。

朝の光を浴びながら、柄にもなく考え込んでしまったのはおそらく、十日前に喜之助の葬儀を済ませたばかりだからだろう。

喜之助は先代が遠野屋をおこしたときからの奉公人だった。清之介の代になって商いが肥え、豊かに育っていくに従い筆頭番頭となり、かなりの給金と住居を与えられ、一見、何の憂いもない晩年を過ごしたと思われた。無類の酒好きで、妻を娶らず、子を生さず、遠野屋への奉公一筋に生きたと公言して憚らぬ男でもあった。

おみつは手厳しく、

「番頭さんが所帯をもたなかったのは、人柄に難があったからでしょ。頑固で気難しくて、そのくせ吝嗇、さらに大酒飲みときたら、そりゃあ女は寄り付きませんよ。当たり前なら、遠野屋の筆頭番頭ってだけで下心のある女がわんさか寄ってくるでしょうに。それもないってのは、よっぽどですからねえ」

と、断じてはいたが。

「喜之助はおみつに惚れてたんだよ」

そう囁いたのは、おしのだ。先代の女房であり、清之介の亡妻おりんの母であるおしのは、遠野屋の裏の裏まで知り尽くしていた。

「そうなのですか」

喜之助がおみつに惹かれていた。

俄には信じ難い。

「そうなんだよ。おみつの方はてんで気が付いていないし、気が付いていても相手にしなかっただろうけどさ」

おしのは肩を竦め、ほんのりと笑った。かつて、深川で芸妓をしていたおしのは今なお、笑んだ口元や仕草に色香を残している。

「けれど、喜之助は心の内を告げなかったのですか」

「おみつにかい？　言わなかったろうね」

「一度も？」

「一度も」

「なぜです？」

おしのは鬢のほつれを手櫛で直し、「清さんにわかるかねえ」と呟いた。それもまた艶のある口調と身ごなしだった。

「わたしにはわからぬことだと？」

「そうだねえ……。清さんは女を怖いなんて感じないだろう」

「怖い……。いえ、女人の怖さは肝に銘じているつもりですが」

遠野屋の客は女が主だ。男が買い求めても、後ろには女が控えている。娘の嫁入り道具を揃える。馴染みの女に音物を贈る。妻や娘の江戸土産を選ぶ。必ず女がいるのだ。女たちは流行り廃りに敏感で、新しい品を好む。趣向の新しい品、珍しい品、他人とは違う品を欲しがる。そのくせ、古風に昔ながらの意匠に拘る向きもあり、一筋縄ではいかない。何より、女たちには口がある。口から口へと伝わり、広がる評判を侮れば、商いの命取りになる。骨身に染みてわかっているつもりだった。

くすくす。

おしのが笑う。

「違うよ、清さん。あたしはお客さまの話をしてるんじゃないの。清さんは男だ。遠野屋の主人でもある。ね？」

「まあ、確かに」

「商人としては女を恐れても、男としては怖がっちゃあいないよね」

清之介は首を傾げた。

「どうも、おっかさんの話は先が読めないな」

「はは、そうかい。凄腕と噂の遠野屋の旦那を惑わせるとは、あたしもなかなかの遣り手だね」

おしのがまた、笑った。

この笑い方、おりんとよく似ていた。心持ち顎を上げ、軽やかに笑うのだ。まだ、清弥と名乗り、武士の身分であったころから、おりんの屈託のない、けれど微かに哀調を孕んだ笑声に惹かれていた。耳から入り、心を潤す声に聞き惚れて、この女の傍らで生きられるなら自分の命もまた、何かしらの意味を帯びるのではと本気で考えた。

縋ったのかもしれない。

弥勒菩薩は竜華三会の説法によって、釈迦の救いに洩れた衆生をことごとく済度するという。

おりんはまさに弥勒だった。おりんの伸ばした手に縋り、ここまで来た。これからも同じだ。

おしのが笑みを浮かべた眼つきで、ちらりと清之介を見やった。

「もし、もし、だよ。清さんに想う相手ができたとする。清さんが一緒になりたいと心底思うだけの女さ」

「はあ……」

もし、はないな。

清之介は視線を自分の膝に落とした。

もし、はない。この先、何年を何十年を生きるか見当もつかないが、臨終のそのときまで女はおりん一人だろうとは思いが至る。

もういいのだ。

おりんと出会い、短い年月を共に生きた。

それで十分だ。

女にかかわる限り、自分の中に余力はない。おりんと生きた日々で全て燃焼し尽くした。そういう女と出逢えた至福と永久に失ってしまった地獄。二つが清之介の内でせめぎ合う。今も、だ。

「そんな女に逢えたとして、清さん、どうする？」

「どうするって……」

「おりんのことはこっちに回しときな」

「おっかさん」

「あたしは、譬え話をしてんだ。さっさと答えなよ」

おしのの口調が不意に鉄火になる。いつのころからか、亡くなった娘の名を口にするさい、おしのはわざとこういう威勢のいい物言いをするようになった。

「それは、やはり口説くでしょうか」

「おれの女房になってくれと」

「ええ」

「だよね。まあ、そうだろうよ。だけど、喜之助はそれができないのさ。袖にされるのが怖くて言い出せない。極め付きの臆病者なんだよ。想いを一人胸に抱っこしている分には恥ずかしくもないし、傷つきもしない。けど、一度口にしちまって、手酷く拒まれたら生き死にに関わってくるほどの傷を負う。ここがね」

おしのは帯の上で盛り上がった胸を押さえた。

「喜之助は傷つくのが嫌で、怖くてたまらないんだよ。傷を負うぐらいなら、心に秘めて一生涯口を閉じていた方がいいって考えちまう。そういうことさね」

「うーん、喜之助がそこまで気弱だとは思ってもいなかったな」

本音だった。

清之介が遠野屋の婿に入ったときから、喜之助は既に不愛想な老人だった。口元を常にへの字に曲げ、睨めるように見上げてくる。話しかけても碌に返事をせず、こちらの言葉に耳を貸さない。

若い婿、二代目の主を快く思っていないのは明らかで、その心情を隠そうともしなかった。足を引っ張られたことも、嫌味、皮肉を投げつけられたことも、邪険に扱われたこともたんとあった。数えきれないほどだ。

快く思っていないどころか、清之介が遠野屋を名乗ることを腹に据えかねているとまで漏らしたと聞いた。酒の席でではあったが。

気弱とはほど遠い。むしろ、剛力な悪意さえ感じた。

あれは、先代からの子飼いの番頭じゃねえのか。遠野屋の身代に割って入ってきた二代目を快くは思ってねえ顔つきだぜ。

木暮信次郎は、喜之助を一目見るなり看破した。この男の慧眼と呼ぶには鋭すぎる、人の暗みだけを刺し貫くような眼差しは、定町廻り同心という役目柄身に付けた術ではむろんない。生まれ持っての質なのか、怜悧すぎる頭には全てを見透かす視線が要須であったのか、清之介には窺い知れない。

窺い知りたいとは思う。

知るために踏み込んではならないと、己を戒める。

体色鮮やかな蛇は、猛毒の牙を持つ。美しさに目を奪われて、うかつに手を出せば一噛み、される。毒は血の流れに混ざり、身体を巡り、痺れさせ、命さえ奪うのだ。

危うい、危うい。

近づかぬが得策。

よくわかっているはずなのに、気が付けば、蛇の棲む深淵を覗き込もうと前のめりになっている。

肝が冷える。

背筋に冷たい汗が流れ、鼓動が乱れる。なぜ、前のめりになるのか、なぜ深淵を覗き込もうとするのか、どうしても解き明かせない。己にすら答えられない。

「これ、おみつには内緒だよ。喜之助に惚れられていたなんて聞いたら、仰天してひっくり返るかもしれないからね」

おしのが唇の前に、指を立てる。

「ええ、もちろん。でも、そうか……。喜之助がねえ」

「おや、清さん、そんなに考え込まなくてもいいだろう。おみつに惚れてたって言っても、もう昔のことさ。おみつも喜之助も、惚れた腫れただって年じゃないよ」

「しかし、喜之助は密かに想い続けたのかもしれない。ずっと独り身を貫いてきたわけだし」

「そうだね。純と言えば純ではあるねえ。けど、さっさとおみつのことを諦めて、誰かと所帯をもってたら、酒に溺れることもなかったんじゃないかねえ」

おしのが深いため息を吐いた。

「おっかさんは、そう思うわけだ」

「清さんは、思わないのかい」

さて、どうだろうか。

己の真意さえ摑めない者が他人の生き方を見通せるわけもない。清之介は口をつぐんだ。

喜之助は確かに酒に溺れた。倒れるずっと前から浴びるように飲み、給金のほとんどを酒に注ぎ込んでいたのだ。それでも、一年前までは飲みに出かけるのは、店を閉めてからだったが、そのうち、昼間でもこっそり店を抜け出して飲むようになり、酒臭い息を吐いて、帳場で眠りこけるようになった。呂律が回らなくて、足元が覚束なくて、倒れ込んだまま起き上がれないこともあった。仕事などできようはずもなく、たまに算盤を弾いても、帳簿を記しても、間違いだらけの数や文字が並ぶだけだった。さすがに、店に出すわけにはいかず、かといって隠居を言い渡しても受け入れるとは考えられず、店の奥にもう一つ帳場を作り、そこで好きなことをさせていた。本人は筆頭番頭の仕事をそつなくこなしているつもりなのだろうが、それは全て、二番番頭の信三が引き受けていたのだ。

喜之助はもう、目の前に広げた帳面の真偽を判じる力を失っていた。何もかもが酒のせいかどうかはわからない。しかし、酒さえ慎めばまだ十分に働ける齢であったのは事実だ。

喜之助が奥の帳場で倒れ、そのまま寝付いてしまったのは、おしのと清之介が語らった七日後のことだった。

「ちょっと、厠に行ってきますよ」誰にともなく告げて立ち上がったとたん、手足を突っ張らせたまま後ろに転がった。よほどの勢いだったのだろう、反古紙が数枚、空に飛ばされて、ひらひらと舞った。

「まるで、木像が倒れるみたいでした。人の身体があんなに固まってしまうなんて、初めて目にしました」

帳場から、一部始終を見ていた信三は両眼をしょぼつかせながら、語ったのだった。

すぐに医者が呼ばれ、手当てが施された。それから三月が経ったが回復の兆しどころか、日に日に衰え、ついには、

「酒毒で肝の臓がひどくやられておるのです。上から触れてもわかるぐらい腫れ上がっていて……。これは、もう覚悟をされた方がよろしいでしょう。正直、手の施しようがありません」

と、医者から匙を投げられてしまうまで悪化してしまう。

三月の間に、喜之助は痩せ細り、肌も土気色に変わった。やたら喉の渇きを訴え、水ばかりを欲しがる。何とか啜っていた重湯や味噌汁も、受け付けなくなった。

離れを病室にして、女中たちが手厚く面倒を見ていたし、清之介も一日に二度も三度も様子を見に行った。

「帳場はどうです。信三に任せて大丈夫ですかねえ」

「わたしがいないと仕入れ帳が整いませんでしょう」

初めのうちこそ、筆頭番頭の矜持を覗かせていた喜之助も病が進むにつれ、口数が減り、筋の通った物言いが難しくなった。代わりに、ぶつぶつと他人には解せぬ独り言を日がな一日呟くようになっていた。その呟きすら消えて、ここ数日は水だけを喉に通

し、眠りこけている。

最期が近い。

誰の目にも明らかだった。

喜之助が息を引き取ったその日も、清之介は商売の合間を縫って、何度も病人を見舞った。医者から、今日、明日が峠だと告げられていたからだ。

「喜之助」

耳元で名を呼ぶと、土気色の瞼(まぶた)が微かに動いた。

「聞こえるか。わたしだ。清之介だ」

瞼がゆっくりと上がり、黄色く濁った目が剝(む)き出しになった。

「ああ」

と、喜之助は呻いた。それから、水をと喘(あえ)ぐ。水に浸(ひた)した手拭いを口に含ませると、音を立てて吸った。「他に欲しいものはないか」

死にゆく者が何を望むのか、思い及ばない。叶(かな)えられる限り叶えてやりたいとは思う。

「番頭さん、しっかりしなさいよ」

一緒についてきたおみつが、そっと手を握った。おみつの白いふくよかな腕と喜之助の枯れ枝にも似た痩せた腕。生と死の明暗を容赦(ようしゃ)なく見せつける。

喜之助が手を振った。女の白い指を拒むかのような動きだ。そのまま、視線と指先を清之介に向ける。手首から先がゆらりと左右に振れた。唇の間から息が漏れ、湿った音を立てた。

瀕死の病人が何かを告げようとしている。

清之介は屈み込み、耳を近付ける。

喜之助の息には微かな腐臭が混じっていた。

「清之介さん」

意外なほどはっきりと、喜之助が呼んだ。清之介が遠野屋を継いで暫く、いや、かなりの間、喜之助は「旦那さま」との呼称を使わなかった。「二代目」でも「若旦那」でもない。出入りの職人を呼ぶ口調で「清之介さん」と呼んでいたのだ。おしのやおみつが、どれほど宥めても戒めても咎めても、直らなかった。直そうとはしなかった。

「わたしの旦那さまは、亡くなられた先代だけでございますから」と胸を張るだけだった。

店が繁盛し、身代が肥え、小体の表店に過ぎなかった遠野屋が老舗の大店と肩を並べるほどの商いを回すようになって、やっと、喜之助は若い二代目を主人と認めた。誰もがそう思った。清之介自身も古参の番頭から「旦那さま」と呼びかけられたとき、僅かながら肩が軽くなった。

これで、遠野屋の内がまとまる。動き易くなるし、わずらわしさが無くなると安堵したのだ。実際、喜之助はそれまでのように、一々文句をつけることも、古い商いのやり方に固執することもなくなった。素直に従ってくれるわけではないが、一歩引いて主人を立てる奉公人の分を弁えるようになったのだ。

昔の言い方に戻ったのは、死を前にして抑えが利かなくなったのか、わだかまっていたものを全て吐き出すつもりなのか。

「清之介さん、あんたはね」

腐臭を漂わせながら、喜之助は続けた。低くはあるが、淀みも途切れもない。

「まっ、旦那さまをあんた呼ばわりするなんて」

おみつが眉間に皺を寄せた。

目配せでおみつを制し、さらに屈み込む。

「あんたは、遠野屋に入ってきちゃあいけなかったんだ」

清之介は身体を起こした。

臥せった男の顔をまじまじと見詰める。

死相の浮かんだ顔だ。口調とはうらはらに、眼差しはどこにも定まらず、何も捉えていない。ただ、空を泳いでいる。

「あんたは遠野屋に災いを運んできた。そうなると、おれにはわかっていたんだ」

喜之助の腕が夜具の上に落ちた。

「まっ、まっ、まっ、何て言い草」

「おみつ、病人の枕元だ。騒ぐんじゃない」

「これが騒がずにいられますか。病人だと思えばこそ我慢してたけど、ええ、もう堪忍袋の緒が切れましたよ。ちょっと、喜之助さん、聞こえてるかい。あんた、どなたの世話になってこれまでやってこられたんだよ。こんな温かい寝床を用意されて、お医者さまにきちんと診てもらえて、ありがたいと思わないのかい。これほどの恩を仇で返すつもりなのかい。え？　本来なら両手を合わせて礼を告げるのが筋ってもんじゃないか」

「いいかげんにしろ」

怒鳴りつける。

おみつが唇を噛んだ。

「出て行きなさい。病人を罵るなど以ての外だ」

「旦那さま……」

「出て行きなさい。わたしがよしと言うまで、この部屋に近付くんじゃない」

「言われなくてもそうします」

おみつは鼻の穴を膨らませると、勢いよく立ち上がった。

「恩知らずにも程があります。こんな人の世話なんか金輪際、御免蒙りますね」

捨て台詞を残して、おみつが去って行く。荒い足音が遠ざかり消えると、部屋の中に静けさが満ちた。塀の上で遊ぶ雀の鳴声だけが、微かに響いてくる。

「喜之助」

居住まいを正し、話しかける。

「災いとは、おりんのことか。おまえは……おれがおりんを殺したと感付いていたのか」

返事はない。

「それとも、これからなのか。これから、おれは遠野屋に災いを呼び込んでしまう……。そうなのか、喜之助」

やはり一言の返事もなかった。

喜之助はもう瞼を閉じていた。虚ろに開いた口から、細い息が漏れている。それがだんだん間遠になっていく。

慌てて医者を呼んでも、無駄だろう。

死とはこんなにも、緩やかなものなのだな。

僅かに目を細める。

清之介が、刺客として他人にもたらした死は、どれも唐突で性急だった。闇から浮かび上がり、一閃し、闇に融ける剣は、その一閃で人の命を絶ち切った。遺す言葉も、来し方を振り返る間もない。生と死との間に横たわる千尋の谷を、あっけなく越えてしまう。

江戸に上るまで、死はそういうものだと思っていた。

唐突で性急であっけないものだと。

刃は人の身体を容易く斬り、抉る。骨を断ち、肉を裂き、血をほとばしらせる。それでお終いだ。生と死が入れ替わる。人は骸になり、地面に転がる。

そういうものだ。それより他の死など考えたこともなかった。

清之介は端座したまま、死にゆく男の口元を見詰める。

「最後の力を振り絞って伝えてくれたのか」

おまえは災いだと。

「しかしな、喜之助、おれはもう遠野屋から離れることはできないのだ。ここに根を張った。他の生き方は、もうできない」

商人、遠野屋清之介。

その人生を貫きたい。それが許されないなら、散るしかない。根を引き千切られた草花のようなものだ。

花弁を散らし、枯れていく。

散りたくも、枯れたくもない。まだ、やりたいことがやるべきことが残っている。おりんに出逢い、神異のような生き直しの道を手に入れた。道はまだ中途だ。一歩でも前に、半歩でも先に進む。進みたい。望みは欲となり、欲は未練となり、清之介を生へと縛りつける。大義のために死ぬことも、下命に殉じて身を処すことも嫌だ。不格好であろうと、不様であろうと、生にしがみつく。

清之介はそこで息を詰めた。

嗤う声を聞いたのだ。

よく言うぜ。おまえさんが殺った相手にだって、望みも欲も未練もあったはずだ。それをあっさり打ち切っておいて、己一人が生き直すだと？　とんだ、打ちな理屈だな。

風車が回るに似た、乾いた笑声が、聞きようによっては小気味よい声が耳奥でこだまする。

木暮信次郎。

この江戸でおりんと木暮信次郎に出逢った。弥勒と鬼神に、だ。

それも定めとするのなら、あの男はおれの因果そのものなのかもしれない。

因果も災いも、この身一つに引き受ける。拭い去れない来し方も、霧に煙って見通せない行く末も引き受ける。

「遠野屋は必ず守り通してみせる。必ずだ、喜之助」

喜之助が不意に口を広げた。

風音がする。木枯らしの音だ。それが人の息根だと気付いたとき、清之介は膝の上でこぶしを握った。

ヒシュー、ヒシュー。

奇妙な、人が出すとは思えない音を立て、喜之助の内から息が流れていく。

ヒシュー、ヒシュー。

ヒシュー、ヒシュー。

音がはたりと止んだ。

「喜之助……」

喜之助の眸に白い紗がかかり、その奥がゆっくりと暗くなる。

全てを見届けて、清之介は立ち上がった。

喜之助は遠野屋ゆかりの寺に葬られた。遠野屋の筆頭番頭の死去ということで、それなりの人も集まって、豪華ではないが質素でも淋しくもない葬儀となった。

おみつは、まだ腹を立てている。

「旦那さまの温情があればこそ、喜之助さん、無縁仏を免れたんですよ。あの世で少しは我が身を省みたらいいんだわ」

「およしよ、おみつ。仏さまに文句を言ったりしたら罰が当たるよ。喜之さんは、もう仏さま。恨みっこなしだ。ほらほら、いつまでも膨れっ面してるんじゃないよ。みっともない」

おみつを諭した後、おしのは胸を軽く押さえた。

「あたしは何だか淋しいねえ。喜之さんも意固地で扱いにくいところがあったけど、いなくなっちまったかと思うと、このあたりがすーすーするよ。ああ、そうだ。清さん」

「はい」

「喜之さんは、身寄りのない独り身だ。遺した荷物をどうするかねえ。引き取る相手がいないだろうよ」

「そうですね……。おみつ、悪いが暇な折々に喜之助の荷物を片付けてくれないか」

「あたしがですか」

「そうだ。おまえとは長い付き合いだった。おまえに後片付けしてもらえるなら、喜之助も本望じゃないか」

おしのが頷く。

「いい考えだよ、清さん。おみつ、そうおし。おこまの守はあたしがするから、片付けておやりよ。なあに、大した荷物じゃない。一日二日もありゃあ十分さ」

「そんなあ」

「ほらほら、そんな拗ねた顔しても可愛いのはいいとこ十七、八までさ。大年増には似合わないよ。観念して、言われたとおりにおし」

「大は余計ですよ。あたしはまだ女盛りなんですからね」

「そりゃあ、おまえの勘違いだよ。盛りは盛りでも、姥盛りってね」

「ま……。大女将さん、年々口が悪くなりますね。それこそ、姥になった証じゃないですか。年寄りって思ったこと何でも口にしちゃうから、厄介なんですよねえ」

「おまえも、なかなか言うじゃないか。小憎らしいこと」

「お互いさまですよ、大女将さん」

おしのとおみつは、ほとんど同時に肩を竦めた。それが、おかしいとおみつが笑う。

近しい相手を失った消沈はどこにもない。おみつが薄情なのではなく、喜之助の人との縁が薄いのだろう。有縁の無さは侘しさに繋がるのか、気楽さに結び付くのか、喜之助にしか答えられない。

女たちのやりとりを聞きながら、清之介はとりとめなく考えてしまった。

おみつは渋々ながら喜之助の荷物を片付け始めた。一旦始めると、何でも本気で熱心に取り組む性質が幸いして、あるいは災いして、喜之助のものだった行李や小箪笥をひっくり返し、手拭い一枚にいたるまで帳面に書き記していく。

清之介も商いに戻った。

白鼠の番頭が一人いなくなっても、遠野屋の日常は微塵も揺るがない。商いはときに貪欲に、ときに悠々と動き、育ち、伸びていく。

おもしろい。恐ろしい。

そのおもしろさに、恐ろしさに引き込まれていく。

荒れた夜の後、美しい朝が訪れた。

遠野屋の中庭を金色に染めた光は、彼岸と此岸の境を曖昧にしてしまう。そのせいなのか、
あんたは遠野屋に災いを運んできた。

喜之助の言葉がよみがえっても来る。

清之介はかぶりを振り、店へと足を向けた。


「旦那さま」

信三が傍らに来て膝をついたのは、翌日の昼下がりの一時だった。

「今月晦日の催しですが、その引き札ができました。目を通していただけますか」

「うむ。見せてもらおう」

信三から引き札を受け取る。

三月に一度、月の末日に遠野屋は品の廉売をする。

簪、櫛、笄、匂い袋、紅板、白粉、手絡、扇子、半襟、根付……。品は多種多様だ。

どれも若い職人の手になる物だった。年季が明ける前後の、だから二十歳（はたち）そこそこの職人たちは、年季の入った熟練者に比べ、当然ながら腕は落ちる。並べてみれば瞭然（りょうぜん）だ。一分の隙（すき）もない見事としか言いようがない品と隙だらけの一本も二本も足らない物と、違いははっきりとわかる。しかし、それはあくまで小間物と向き合ってきた商人の眼があればこそだ。そして、その足らなさが未熟さが、愛嬌（あいきょう）になっている品にたまに出会ったりもする。

「まだまだ一人前とは呼べやしねえ。けど、こいつの粗削（あらけず）りな一品を見てるとよ、いいなあって思っちまうんでさあ。何て言うのか、熱みてえなもんがぐいぐい伝わってきてねえ」

櫛職人の親方が弟子の作品を前にして、言った。

「櫛は髪を引き立てるためのもんだ。櫛ばかりが目立っちまうのは、髪に挿（さ）したときを思い浮かべて仕事をしてねえからだ。つまり、まだ半端（はんぱ）野郎なんでさあ。でも……こいつ、おれには出せねえ艶を出せるんですよ、遠野屋さん」

親方はそう続けた後、弟子の作った櫛を清之介の前に置いたのだ。

半月形の螺鈿（らでん）の櫛は、確かにしっくりと馴染んでくる気配がなかった。気性荒く人に馴れぬ馬を思わせる。

これは、おもしろい。

とっさに感じた。

誰にでも似合う物ではない。しかし、ぴたりと似合うたった一人の誰かがいる。そんな櫛ではないか。「これを扱ってみたいのですが」と、躊躇いなく申し出ていた。

「遠野屋さんで？　ご冗談を。遠野屋さんの店に並ぶような代物じゃありやせんよ」

親方が手を振る。その後ろで、若い職人が武骨な口元を一文字に結んでいた。

「ええ、まだ無理です。しかし、売り方を考えれば無理が無理でなくなるかもしれない」

「……と、言いやすと？」

若い職人の品を廉価で売りさばく。むろん、清之介を始め遠野屋の番頭、手代たちがこれならと認めた品だけだ。親方、熟練の匠たちの品は見事な分、どうしても値が張ってしまう。何十両という高直になることも珍しくない。そんな物に手が出せるのは、ほんの一握りの分限者だけだ。

一握りを相手にしていては、いずれ行き詰まる。かといって、二束三文のがらくた、粗品を遠野屋で扱うわけにはいかなかった。

廉価でありながら人を惹きつける品、未熟ではあるが逸品に化けるかもしれない品、そんなものを売りたい。若い職人の修業場とも、暮らしの糧ともなる場を用意したい。さして裕福ではない町方の人々が「これなら買える」と喜べる場を作りたい。

それが廉売の端緒(たんしょ)となった。

想いを実行に移す。迷いはなかった。

店の半分に毛氈(もうせん)を敷き詰め、品を並べる。玻璃の簪も柘植(つげ)の櫛も蒔絵(まきえ)の紅板もあった。

何人かの手代が控えていて、どの客にも丁寧に伝えた。

「この櫛は形がやや歪(いびつ)です。挿してしまえば目立ちませんが、手にするとわかりますでしょう」

「塗(ぬり)に斑(まだら)があるのです。この簪の先のところです。よく見ないとわからないほどでございましょう。でも斑は斑ですから」

「色がややくすんでおります。こちらの上質な物に比べますと、ですが」

品を細かく見定め、その欠けたところを告げる。正直に、しかし、欠点を含みながら、なお、その品を買いたいとそそられるような伝え方をする。手代たちも鍛えられた。

三月に一度の廉売は評判になり、客が押し掛けた。遠野屋の名と商売の勢いをさらに上げる契機ともなったのだ。手代たちの中には、今は番頭を務める信三もいた。

そういえば、喜之助は最後まで反対していたな。店の品位が落ちると。廉売の日は、朝から姿を消して、日が傾くまで帰ってこなかった。

気持ちがまた、死に際を看取った男に向いていく。

「旦那さま、いかがでしょうか」

信三が手元を覗き込んでくる。

「そうだな。少し込み入り過ぎている。これでは、せっかくの引き札の効果が半減してしまう」

「ですが、品数がかなりのものなので、びっしり書き込むようになってしまいます」

「文字に大小をつけてみてはどうだ。これはという商品名を大きく目立つようにしてみるんだ」

「大小を……。なるほど。わかりました。やってみます」

「あまり日にちがない。急がないと間に合わなくなるぞ」

「はい。早急に手配いたします」

信三は、このところやっと、番頭の羽織が板についてきた。異例ともいえる若さでの番頭抜擢(ばってき)に最初こそ縮こまっていたが、清之介の見込んだとおり徐々に地力を発揮して、今では店の要(かなめ)ともなっている。年齢からして、今すぐに信三を筆頭番頭に据えるわけにはいかない。他の者を据える気もない。その座は当分、空席にしておくつもりだった。

「そういえば旦那さま、お聞きになりましたか、火事の一件」

信三がおもむろに尋ねてきた。

「火事？　いや、知らない」

「そうですか。何でも、海辺大工町……いや、林町だったかな。松井町じゃなかったし……。まあ、どこかで一昨日の夜、火事騒ぎがあったようです。仕舞屋が焼けたとか。ただ、一昨夜は雨が降り出すと間無しに風が止みましたでしょう。それが幸いして、大火にならずに済んだそうです」

「そうだな。あの雨では大概の火は消えてしまうだろう」

「はい。ただ、死人は出たようですが」

「逃げ遅れたわけか」

「でしょうか。ただ、死人は年寄りや子どもではなく、若い女だったそうですが。まあ、これはお客さまから聞いた話で、どこまでが真実なのかお客さまも、あやふやなようでしたが」

若い女が逃げ遅れ、火と煙に巻かれて命を落とした。あり得ない話ではないが、ひっかかる。入り組んだ造りの屋敷ならともかく、仕舞屋となると、そう広くもややこしくもないだろう。若い者なら逃げ出すのは、さほど難しくないだろうに。

逃げられない事情があったのか。

例えば足を痛めていたとか、どうしても持ち出さねばならないものがあって逃げ遅れてしまったとか。

あるいは、あるいは、すでに死んでいた。

清之介は息を吞み込んだ。

止めよう。小間物屋に死人は関わりない。

女はなぜ逃げ遅れたか。そんな謎とも関わりない。関わり合うのは……。

とくん。

「旦那さま」

小女のおくみが障子戸の向こうに座った。

「尾上町の親分がお見えです」

心の臓が大きく脈打った。

「伊佐治親分が？　何のご用でしょう」

いつになく信三が顔を曇らせる。

「親分だけなのか」

「はい、お一人だけです」

「わかった。いつもの座敷にお通ししてくれ。茶の用意も頼む」

「はい」

おくみが足早に立ち去る。

その後を追うように、百舌鳥が鳴いた。

第二章　雷雲

この家には鏡がない。

女のいない証（あかし）のように、鏡がないのだ。

そのためなのか、他に何かしらの因（もと）があるのか、季節にかかわりなく底冷えがする。

夏の盛りであっても、足の先から凍（こご）えていくような冷たさがあった。

むろん、気のせいだ。

広くも豪勢でもないけれど、よく整えられた庭も座敷も風の通りはいい。夏、品川（しながわ）のように潮気を含んだ湿った風ではなく、さらりと乾いた風が吹き通る。

それでも暑いときは暑い。当たり前だ。天地の理（ことわり）に抗（あらが）うことなど、人にはできない。この家だって炎昼（えんちゅう）もあれば午熱（ごねつ）だって入り込む。

なのに、お仙（せん）はいつも寒い。ここに来るたびに、芯から冷えていく我が身を感じる。

嫌ではなかった。

冷え切った身体が、男の腕の中で熱を持つ。火照（ほて）り、汗ばむ。

それが、たまらなく心地よい。

手櫛で鬢の毛を掻き上げ、さっき畳んだばかりの夜具に目をやった。とたん、男がよみがえる。

背中をゆっくりと這った指を、荒々しく股を割った手を、首筋にかかった吐息を思い出す。

どれも熱かった。

小さな北焙のようにお仙を焼いた。焼かれてお仙は呻き、身を捩り、悶えた。

ここに泊まったのは二度目だ。一度目はそれなりに事由があった。今回は……ない。お仙は、男の誘いに抗いきれなかった。いや抗いきれなかったのは自分の情だ。男を求めてうねる情に呑み込まれてしまった。溺れてしまった。

ここは妻も子もいない。鏡もない。そんな家だからこそ、逆に容易に足を踏み入れてはならない。自分を戒めていた。男のためではなく、己を見失わないためにだ。溺れ、流されてしまえば、今まで築いてきたものが崩れてしまう。溺れたまま浮き上がってこなかった女を、全てが崩れ全てを無くした女を幾人も見てきた。

男は剣呑な罠だ。

女の生涯のあちこちに、仕掛けられた罠なのだ。

はるか昔は武士の妻だった。今は、品川宿の飯盛り宿上総屋の女将だ。人の妻であったときよりも、女将として生きた年月の方がよほど長くも濃くもなった。自分なりに懸命に、そして、したたかに生き抜いてきたと思う。誰に頼らずとも、生きていける。己が己を養うことができる。

上総屋は、お仙が築き上げてきた城でもあった。

飯盛り宿は、春をひさぐ店だ。男が女を求めてやってくる。江戸の南の門戸、東海道下りの最初の宿駅（しゅくえき）である品川は、五百を超える遊女を抱えた色里でもあったのだ。お仙も五百の内の一人だった。身体を売って暮らし、さる女郎（じょろう）屋の主人の囲い者にまでなった。そういう己の行立（ゆくたて）も、主人が短い患いの後亡くなり、驚くほどの大金をお仙に遺してくれた経緯（いきさつ）も、その金をもとにして、飯盛り宿を買い取り女将となった事実も、ひけらかすものではないが恥じるものでもない。

上総屋で新しい女を雇い入れるたびに、お仙はその女に告げた。

「いいかい、自分の身体で稼いだ金は、できる限り、自分のために使うんだよ。情に絆（ほだ）されて貢いだりするんじゃない。今日稼いだ銭が五年後、十年後のおまえを助けてくれるんだからね。そのことだけは、きっちりと心に留めておきな」

真剣な面持ちで頷く女がいた。小首を傾げる女もいた。男と逃げた女も、男を裏切った女もいた。身請けされた女も、胸を病み上総屋の裏座敷でひっそり息を引き取った女もいた。

たくさんの女たちの定めを引き受けて、お仙は生きてきた。だから、今更、乱れはしない。揺らぎもしない。乱れぬ、揺らがぬ誇負だけは持っている。持っていると信じていた。けれど……。

お仙は我知らず唇を噛んでいた。

夜具に目をやる。

畳んでいたとき、指に髪が絡みついた。お仙の髪だ。髪が抜けるのはよくあることだし、指に絡みつくのも珍しくはない。なのに、胸が締め付けられた。息が痞えるようで、思わずその場に膝をついてしまった。

息苦しさの底から甘美な情が立ち上ってくる。

あの手、あの指、あの吐息。

木暮の旦那……。

髪は木暮信次郎という男に重なり、お仙を捕らえてしまう。乱されて、揺さぶられて、どこかに運ばれてしまう。誇負など綿埃より軽く、風にさらわれて消えてしまう。

殺してやりたい。

できるなら、あの男をこの手で殺してやりたい。

「今夜は泊まっていきな」

信次郎が言った。昨日のことだ。

お仙は、年に何度か江戸に出てくる。贔屓筋への音物を選んだり、馴染みの口入屋を回ったり、ときに贔屓客や馴染み相手の葬式のためだったりする。とはいえ、女郎屋の女将が堂々と葬儀に顔を出すわけにはいかない。世間の表舞台の光からは一歩身を退く。この商いを始めたときから日陰で生きる覚悟はできている。二里の道程を行き帰りしても、陰ながら手を合わせるか墓前に線香を手向けるぐらいしかできないのだ。店を留守にしてまで出向く所以があるのかと、番頭の巳吉には言われるし自分でもたまに考える。

あたしは無駄な義理を通そうとしているのかねえ。

でも、すぐに思い直すのだ。

無駄であっても、通さなければならない義理は通す。

陰に身を置く者だからこそ通すのだ。

昨日も、古くからの付き合いだった客の葬儀に出向いた。深川元町の大店山海屋の主人で「吉原より品川がいいねえ」が口癖だった。海の香と潮騒に包まれて女を抱ける極楽が、品川にはあると。

豪商にしては貧相な顔つき、笑うと愛嬌の滲む眼差し、丸い爪の形、ゆったりした物言い、酒の飲み方、茶の啜り方、着物の好み……、長く馴染みでいてくれた客の、あれこれを一つ一つ思い出しながら、お仙は葬儀の列を見送ったのだ。

肩を叩かれたのは、数珠を懐に仕舞ったときだった。振り返り、文字通り息を呑み込んだ。呑み込んだ息が塊となって、お仙の内に落ちていく。

「旦那」

自分でも眉が吊り上がったのがわかる。

「久しぶりじゃねえか、女将。一月はご無沙汰だったな」

木暮信次郎はふっと微笑んだ。

眩しいほど清々しく、優しい笑みだ。

それが上辺だけのものだと、誰よりよくわかっている。

目の前の男は、清々しくもなければ優しくもない。ではどういう男なのだと問われれば、口ごもってしまう。答えようがない。

清々しくも、優しくもない。

かといって、卑劣なわけでも悪辣なわけでもなかった。

とどのつまり、自分ではこの男を摑み切れない。一生かかっても無理なのだ。と、お仙は思う。そして、男のために一生をかけたりなどするものかと口元を引き締める。

あたしは上総屋の女将だ。男の真を知りたくて右往左往するほど柔じゃない。

お仙は、信次郎の笑みから目を逸らした。一息分、間を置いて尋ねる。商売用の明るい物言いだ。

「驚きましたよ、まさかここで旦那にお目にかかれるなんてね。たまたまの出逢いってのの、ほんとうにあるんですね」

「たまたまじゃねえさ。待ってたんだよ」

「え？」

「律儀(りちぎ)な女将のこった。贔屓筋の葬儀には必ず来るとわかってたからよ。待ってたんだ」

信次郎は笑みを浮かべたままだった。その顔を見上げ、お仙は胸を押さえた。

「旦那は、うちの贔屓客までご存じなんですか」

「全部知ってるわけじゃないさ。けど、山海屋ほどの身代なら、嫌でも目に付くじゃねえか。このあたりはおれの縄張(しま)でもあるしな」

　種を明かされれば何程のこともない。ああそうかと納得してしまう。けれど、山海屋の主人が客だと信次郎に告げたことは一度もなかった。気紛(きまぐ)れにふらりと立ち寄りふらりと去っていく信次郎と季節の変わるごとに訪れ、一晩逗留(とうりゅう)していく山海屋の主人とが、たまたま上総屋に居合わせたことがあっただろうか。

　思い当たらない。

　もっとも、山海屋の主人は古くからの客だし、信次郎と理(わり)無い仲になってからもずいぶん分と年月が経つ。信次郎が上総屋のどこかで主人を見かけていてもおかしくはない。

「それにしても、江戸に出てきてるってのに、おれには音沙汰なしか。えらく、そっけないもんだ。女の薄情けが身に染みるぜ」

「まあ、どのお口がそんな戯言をお言いですかね。一月の上も、品川に足を向けなかったのは旦那の方じゃないですか。もうお見限りかと覚悟してましたよ、あたしは」

ずっと待っていたんですよ。

その一言を呑み込む。喉の奥が震えた。

「女将」

不意に手首を握られた。低い囁きが耳朶を撫でる。

「今夜は泊まっていきな」

「え……」

「久々に逢ったんだ。ゆっくり酒でも飲もうぜ」

「でも、宿をとっておりませんし……」

遠くから手だけ合わせて、すぐに踵を返すつもりだった。他にこまごまとした用はあったが四半刻もあれば事足りる。軒行灯が点るころには、品川に帰りつけるはずだ。

「うちに泊まればいい」

「旦那のお屋敷にですか」

「そうさ、もう慣れたもんだろう」

信次郎が質（たち）の悪い風邪をひき込んで珍しく寝込んだ折、看病のため何日間か泊まり込んだ。

お仙は目を伏せた。

あのときは、独り身の信次郎の世話をするという役目があった。大義名分、名目と言い換えてもいい。

でも、今日は……。

「おれが帰したくねえんだよ」

囁きがまた耳に触れる。

お仙は僅（わず）かに身じろぎをした。

男の誘いに蕩（とろ）けるほど若くはない。けれど、摑まれた手を振りほどけるほど強くもなかった。

身体が火照る。

抱きたい。抱かれたい。束の間を永劫（えいごう）とも感じる一夜が欲しい。

この男だけが与えてくれる快楽を貪（むさぼ）りたい。

そうも、欲する。

一月、肌を合わさずにいれば、餓狼（がろう）のようにあさましく求める。この餓（う）え、この渇き、このひりつきを鎮（しず）めて欲しい。

お仙は息を吐き出した。

でも、一度、男の家をおとなう味を覚えてしまったら、江戸に出てくる度に足が向いてしまうのではないか。いや、逢いたさに耐えかねて、やみくもに江戸へと出向いてしまうのではないか。今ならまだ、品川に留（とど）まれる。品川でいつ来るかわからぬ男を待つだけの余裕を持てる。

「実は、おしば婆さんがな、うるせえんだ」

手を放し、信次郎が呟いた。口調に、さっきまでの湿り気はない。

「え、おしばさんがどうかしました？」

おしばは、信次郎の生まれる前から木暮家に奉公していたという老女中だ。いつもむっつりと口を結び、黙っている。しゃべることはめったにない。笑うことはもっとない。

「女将のことがえらく気に入ったみてえでな、今度はいつ来るんだ、来ないなら呼んでこいと日に一度は催促される始末さ」

「まあ」

「奉公人とはいえ、おれの襁褓（むつき）を替えたこともあるって婆さんだ。そうそう邪険（じゃけん）にもできやしねえ。弱っちまった」

「あらまあ。じゃあ何ですか、今のは、旦那じゃなくておしばさんからのお誘いなんですか」

「そんなわきゃあねえだろう。おれが女将を誘ってんだ」

「どうですかねえ。信用ならないですよ」

自分の軽口に少し笑えた。身体の力が抜ける。喉を息が通っていく。口元を押さえた袂から、笑い声が漏れた。

「じゃあ、まずは美味え物でも食いにいくか」

信次郎が背を向け、歩き出した。振り返る素振りはまるでない。

あたしがおとなしく付いてくると、疑いもしないのかねえ。

遠ざかる黒羽織の背中を睨みつけてみる。けれど、無駄だった。手を伸ばし、縋りつきたい情火を抑え込むのがやっとだった。


一筋の髪を懐紙に挟み、塵箱に捨てる。

殺してやりたい。

また、思う。

信次郎の胸に懐剣を突き立て、その刃で自分の喉を衝く。

血は混じり合い大きな溜まりを作るだろう。芳しく匂いながら男と女を包み込む。

殺してやりたい。でも殺せない。お仙に殺せるほど甘い相手ではないのだ。薄く笑いながら、お仙の手から懐剣を取り上げる姿が見える。

遠野屋さんなら……。

唐突に、別の男の顔が浮かんだ。

遠野屋さんなら、あの人を殺せる。

お仙は帯に手をやり、目を閉じた。

背中を冷たい汗が伝った。

あたしったら、何を考えているんだろう。

戸惑う。狼狽える。そして、怯える。

再び、膝をつきしゃがみ込んでいた。

遠野屋清之介なら信次郎を殺せる。

それは生々しい響きを伴い、お仙の胸を震わせる。ひざまずいた脚にうまく力が入らない。

「木暮の旦那」

信次郎さま。

一寸前に殺してやりたいと望んだ相手を守りたくも、救いたくもなる。自分の心持ちでありながら、律せられない。

「これだから、江戸は嫌だね」

わざとはすっぱに独り言ちてみる。

江戸は嫌だ。

心を翻弄(ほんろう)する男たちがいる。

品川に帰ろう。

果てのない海と上総屋のある、あの宿場に戻ろう。

立ち上がりかけたとき、足音が聞こえた。

膳を持った、おしばが入ってくる。

「……朝餉(あさげ)です」

ほとんど口を開かず、ぼそりと告げる。不機嫌なわけでも、口に障(さわ)りがあるのでもなく、これがおしばの物の言い方だった。お仙が七つの年に亡くなった祖母も、同じような物言いをした。口が重く滅多に笑わない。けれど人の根は優しい祖母の傍らが、お仙は大好きだった。どうしてなのか、いつも焚火(たきび)の香りがした。微(かす)かな煙と炭の匂いが混ざり合った香りだ。その場所で、貧しい御家人(ごけにん)の家の始末の仕方、体面の立て方、礼儀作法、お針、髷(まげ)の結い方から帯の結び方まで学んだ。祖母が全てを教えてくれた。

その人とおしばが重なってしまう。見た目はまるで違うのに、懐かしささえ覚えた。

「まあ、すみませんねえ。急に押しかけた上にお手数かけてしまって。あたしなんかに気を遣わないでくださいな。さっさと出て行きますから」

「いえ……」

おしばは軽く頭を振って、膳を置いた。

「まあ。美味しそう」

炊きたての白飯、豆腐の味噌汁、炙った魚の干物とおろし大根、茄子の香の物。ささやかではあるが、十分に食気を誘う膳だ。少なくとも、お仙は空腹を呼び覚まされた。

「頂いても、よろしいでしょうか」

「……もちろん」

「では、遠慮なく。まあ、ほんと、美味しい」

お世辞ではなかった。本当に美味だった。ふっくら炊き上がった飯も汁の味噌加減も絶妙で、脂ののった干し魚も上々の味だ。

「まあ、こんなに美味しいお膳を整えてくれる人がいるんですものね。木暮の旦那、独り身でも困りゃしませんねえ」

おしばの唇がもごもごと動いた。

「え？」

さすがに聞き取れなくて、身を乗り出す。

「おしばさん、何て？」

「……申し訳なかった……です」

「申し訳ない？　どうしてです？　どうして、おしばさんが謝ったりするんです」

詫びてもらう心当たりは、まるでない。

「旦那さまが……朝からお出かけになるとは……」

「ああ、それ」


つい四半刻ほど前のこと。

若い男が一人、駆け込んできた。岡っ引、伊佐治の手下らしい。詳細はわからないが、信次郎の縄張で何かが起こったのだろう。お仙はすでに身支度を整えていたが、信次郎はだらしなく寝そべっていた。手下の慌ただしい気配を察して、舌打ちなどしていたのだ。しかし、話を聞き終えた後、ほんの少しばかり動きが滑らかになった。眼の中に小さな火が点った。そそられる何かがあったらしい。

「すまねえな、女将。死人が出ちまった」

「構いませんよ。あたしも日が昇りきらないうちに、江戸を立たなきゃなりませんから」

まるまる一日、店を空けてしまった。巳吉の苦り切った顔が脳裏を掠める。昨日は片隅に押しやって、きれいに忘れられたのに。

「こんな朝間からお呼びがかかるなんて、大層な事件なんですか」

「どうだかな。昨夜、ちょいとした火事騒ぎがあったらしい。雨が派手に降ってたから、大事にはならなかった」

雨？　確かに降っていた。その前は風だ。風が鳴っていた。これからやってくる季節の厳しさを先触れするかのように鋭く、鳴っていた。風、そして、雨。雨が烈しく降り出して間もなく、風はぴたりと凪いだ。だから、雨音だけが響いていた。

昨夜はそういう夜だったのだ。

「雨が火消の役をしてくれたわけですね」

「そうさな。雨のおかげで火元の家一軒を焼いただけで、消えた。ただ、焼け跡に女の死体が一つ、転がっていたらしい」

「まあ……、殺されたんですか」

信次郎が僅かに目を細めた。

「どうして殺されたと思うんだ」

「え……」

「焼け跡に死体があった。おれは、そう言っただけだぜ。なのに、女将は〝死んでいた〟じゃなく〝殺された〟のかと聞いた。なぜだ？」

「まあ、だってそれは、旦那が……」

「おれが、どうしたって」

「楽しそうに見えたものですから」

正直に告げる。

楽しそうに見えた。

人の死に様に楽しいも、おもしろいもないだろう。あまりにも不釣り合いだ。似合うのは涙や嘆きであって、薄笑いではない。

「まったく、女将といい親分といい、油断ならねえな」

信次郎が口を窄(すぼ)める。

「殺されたのか、逃げ遅れて死んだのかまだわからねえ。ただ、火元は雑木に囲まれた仕舞屋だったそうだ」

「亡くなられた方は、そこに一人で住んでいたんでしょうかね」

「詳しい調べはまだこれからだ。何とも言えねえな」

仕舞屋に女が一人で住んでいた。

とすれば、十人が八人、いや九人までは、女を囲い者だと断じるだろう。お仙もそう思う。

通いの女中ぐらいはいたかもしれない。女はどこぞの男に囲われて、雑木林の中の仕舞屋でひっそり暮らしていた。

信次郎はそうは考えない。どのようにも決めつけない。己の眼で見、耳で聞き、鼻で嗅ぎ、手で触る。一つ一つ吟味しながら、前に進む。世間の決めつけ事など端(はな)から信じていないようだ。

お仙はそっとかぶりを振った。

もう、よそう。

この男のことをあれこれ想ってもしかたない。底無しの沼に、足を踏み入れるようなものだ。

江戸の片隅で死んだ女ではなく、品川の飯盛り宿で生きる女たちの行く末を思案する。

それが自分の仕事ではないか。

着替えを始めた信次郎の後ろに回り、小袖を着せかける。

あ……。

声を上げそうになった。慌てて唇を結ぶ。

引き締まった男の背に、緋色の痕がくっきりと残っている。

お仙の爪痕だ。

こんな傷を残すほど強く、爪を立てていたのか。

まるで気付かなかった自分にも、痛いとも疼くとも口にしない男にも、熱いほどの羞恥を覚える。じわりと汗が滲んだ。

「女将」

不意に引き寄せられた。

お仙の華奢な身体は、信次郎の腕の中にすっぽりと納まる。

「たっぷりと楽しませてもらった。礼を言うぜ」

これも唐突に、笑いが這い上がってくる。小波に似た笑いがさわさわと胸の内をくすぐる。

あたしの生身と火事場の女の死体、旦那を本当に楽しませるのは、どっちでござんしょうね。それとも……。

信次郎の小袖から覗く首元に軽く指を添える。

それとも、女ではなくて……。

お仙は身を捩り、信次郎から離れた。引き寄せられた身体なら、自分の心思で退く。

「今度は品川で」

挑み口にならぬよう、けれど挑む思いを抱えて、告げる。

「お待ちしてますよ、旦那」

表に顔を出すのも憚られ、部屋の前で信次郎を見送った。

あの背中の傷が癒えるその前に、昨夜より深く爪を食い込ませてやりたい。せめて、信次郎が呻きを漏らすほど深く、強く。

夜が明けた。朝が来る。

昨日とは打って変わった碧空が江戸の上に広がる。

まだ、あえかな朝の光に手のひらを差し出せば、ほんのりと温もりを感じ取れた。

「火事の件、旦那の気持ちに何か引っかかったんでしょうかね」

話しかけてみたけれど、おしばは無言だった。首を傾げさえしない。それでも、黙ってお仙のために茶を注いでくれた。

「まあ、ありがたいこと。あ、そう言えば」

湯呑を受け取り、笑って見せる。

「おしばさんがあたしに逢いたがっているって、旦那がおっしゃったんです。あれは本当ですか？」

本当だろう。

信次郎は、女を誘うための嘘などつかない。清廉だからではない。面倒くさいからだ。面倒くさい、持って回った誘い方などするわけがない。

「ええ」

おしばが首肯した。

「あら、どうしてです。あたしのこと気に入ってくれたんですか？」

わざと軽々しい口調を使う。おしばの表情はむっつりと渋いままだ。それでも、唇が動いた。

「……近付かない方がいいと思いまして……」

「え？」

「うちの旦那さまといても……幸せにはなれませんでしょう」

おしばは一度だけ、ゆっくりと瞬(まばた)きした。

「お仙さまは……わたしの妹に……末の妹に似ておられます。妹は……十五の年に亡くなりましたが……」

「そうですか」としか言えなかった。

かつてはおしばにも身内がいたのだ。当たり前と言えば当たり前だが俄(にわか)には信じ難い気もする。

「でも、あたしはもう年増ですからね。十五の妹さんと比べられるのはちょっと、辛いですね」

これもわざと茶化してみる。

「……似てますよ。初めてお目にかかったとき、驚きました。妹が一人前の女になって、この世に戻ってきたのかと……思いました」

おしばの視線がふわりと空を漂(ただよ)う。

「綺麗な子でした。笑うと芙蓉(ふよう)の花みたいで……。あんなにあっけなく逝くなんて……思いもしませんでしたよ」

おしばが目を伏せ、口を閉じた。

妹の死因を問うことは躊躇われて、お仙も黙り込む。

「うちの旦那さまは、誰かを幸せにできるようなお人じゃない。一緒にいても……よいことはないように思えまして……」

「それを告げたくて、あたしを呼んでくださったんですか」

「……まあ、その……」

「だとしたら、余計なお世話ですよ」

おしばが目を見開いた。

「気を損ねたのならごめんなさいよ。でもね、おしばさん、木暮の旦那がどういう方かなんて、どうだっていいんです。あたしにはあたしの生き方がありますからね。旦那といれば、あたしは満足できます。身体も心もね。でも、旦那がいなくても、あたしの生き方は変わりゃしませんよ」

半分真実で、半分は嘘だった。

どうだっていいわけがない。

殺してやりたいとも、共に死にたいとも望む相手なのだ。

信次郎という底なし沼にずぶりずぶりと沈んでいきたい。それほどの快楽が他にあるだろうか。でも、きっと、最後の一歩を踏み出せない、踏み出さないともわかっている。

あたしにはあたしの生き方がある。その生き方も死に方も、旦那とは決して重なったりしない。

おしばが口の中でもそもそと呟いている。

「ねえ、おしばさん。木暮の旦那はどうして山海屋の前にいたんでしょうね」

「は？」

「いえね、ずっとここに引っ掛かってたんですよ」

食指の先で自分の胸を突いてみる。

「あの旦那が、あたしを見つけるために、わざわざ、深川元町までやってくるかしらって。しかも、おしばさんが逢いたがっているからなんて。そんな骨折り、するわけありませんよね。おしばさんもそう思いません？　たまたまはあっても、わざわざはないなって」

「……ですね。ないでしょう」

素直なのか、そっけないのか、おしばはあっさりと同意した。

「だとしたら、旦那は山海屋に用があった。そこで、たまたま、あたしを見かけたってわけになります」

「……ええ」

「旦那は、何のためにあそこにいたんでしょうね」

「さあ……」

おしばは、やはり首を傾げさえしなかった。主人にも飯盛り宿の女将にも興を失ったように、無表情になる。その顔つきで部屋を出て行った。一言の挨拶もなかった。

いつものおしばの所作だ。

お仙は一人になる。

一人で、淋しいほど整えられた庭を見る。

先刻より明るさを増した光に照らされて、木々も石も土も妙に作り物めいて目に映る。

品川の青い海が懐かしい。潮騒が懐かしい。

帰ろう。

仕舞屋の女も、信次郎が山海屋の前にいたわけも、どうでもいい。全部、江戸に捨てておく思案に過ぎない。

お仙は立ち上がり、胸元を整え、光の中に踏み出した。


伊佐治は冷汗をかいていた。

背中が冷たくて、尻のあたりがむずむずして、どうにも落ち着かない。遠野屋を訪れる度に通されるこの座敷を居心地悪いと感じたのは初めてだ。

はらはらしたことも、心が張り詰めたことも、焦れたこともある。大抵は信次郎のせいだ。勝手気ままな振る舞い、皮肉や嫌味を天こ盛りした物言い一つ一つが伊佐治をうんざりさせるし、腹立ちや焦りの因にもなった。

皮肉や嫌味をぶつけられる相手、遠野屋の主人が拒みもせず、嫌がりもせず鷹揚に受け入れ、なおかつ、程よくもてなしてもくれるものだから、伊佐治としては胸を撫でおろすことができた。

本当にたまにだが、信次郎抜きでこの座敷に座り、遠野屋の主人とあれこれとりとめない話を交わす一時は、実に穏やかで実に楽しい。主人は小体の小間物問屋に過ぎなかった遠野屋を、僅かな年月で大店の格まで育て上げた辣腕の商人だ。そういう者がつい隠し持ちがちな慇懃無礼な物腰とも、驕慢な口調とも、他人を値踏みする眼差しとも無縁の男だった。稀代の聞き上手でもある。伊佐治とて耳巧者だ。でなければ岡っ引は務まらない。

事件が起こるたびに、江戸の町々を走り回り、人々の間を泳いできた。事実の断片を拾い集めるのが仕事だ。それを繋ぎ合わせ、組み立てて、真実を炙りだす役目は信次郎が担う。そして、信次郎ほどその役目に相応しい者はいない。為人はどうにもいただけないが、謎の皮を剝いで事の真相に迫る才幹は人並み外れている。

本音をぶちまけてしまえば、伊佐治や伊佐治の手下が集めてきた断片——殺された店者の草履の鼻緒が切れていたとか、死んだ女の亭主が前日に髪結い床に行ったとか、納戸の一隅だけ埃が掃われていたとか、古井戸の縁に生えた苔が剝がれていたとかの、伊佐治にはどうでもいい些細（ささい）なものとしか見えないもの——を集め組み立て、繋ぎ合わせ、真実の様相を明らかにする、その鮮やかな手並みに惚れている。まあ、だからこそ、信次郎の岡っ引を続けていられるのだろうが。

正直、胸が躍りもするのだ。

この断片の寄せ集めから、旦那は何を引きずり出す？　何を明らかにしてくれる？　それを見たいがために走り回り、泳ぎ回る。回れるだけの丈夫な足腰と人の話を聞き出す才には恵まれている。問い質（ただ）すばかりではなく、じっくり相手の話に耳を傾け、さらにしゃべりたいと思わせる。そういう才覚だ。しかし、その才覚も遠野屋の主人よりは劣ると感じる折がある。

遠野屋の主人、清之介といると、伊佐治は楽に息ができた。静かで穏やかな気配を感じ、清々（せいせい）とした気分になれる。信次郎の傍らにいて凝り固まってしまった心根がゆっくりと解（ほぐ）れていくのを感じるのだ。その解れ具合にそって、いつのまにか口が軽くなる。舌が滑らかになる。

ふと、気が付くと胸の内のあらかたをしゃべっていたりするのだ。

おやまあ、聞き出すのが仕事なのはおれの方なのにな。と、苦笑することもしばしばだった。

心地よい。

遠野屋と過ごす間は、心地よい。

伊佐治は遠野屋清之介が好きだった。その生き方も人柄も全てを含めて好きだった。そして、清之介も伊佐治を嫌ってはいないようなのだ。思い上がりや思い違いではないはずだ。

「また、近いうちにお出でください。親分さんのお話を聞いておりますと、おもしろくて、何と申しますか……、昔語りをねだる童(わらべ)のような心持ちになります」

そう言ってくれた。

上手(じょうず)や出まかせを口にする人物ではない。だから、本気の言葉だと信じられた。それでまた、いそいそと遠野屋に足を向けたりするのだ。

心地よい。実に心地よい一時であり、場所であり、人物だった。

しかし、今日はちょっと勝手が違う。

背中に冷たい汗が流れ、尻のあたりが落ち着かない。

しゃべりながら、やたら喉が渇いてたまらなかった。

「……いや別に、無理ならいいんで。いや、無理ってわかってんですよ。ほんとに、こんな頼み事を提(さ)げてのこのこ出向いてくるなんざ、恥ずかしくてしょうがねえんで……。まったく、面目(めんぼく)ねえ次第でして」

汗が額にまで滲んできた。

こんな汗をかいている自分が情けない。

やっぱり、情に絆されるとろくなこたぁねえな。

悔いがせり上がってくる。


三日前になるか。

伊佐治は、小料理屋〈梅屋〉の板場で珍しく魚をさばいていた。もとをただせば、料理人なのだ。魚をさばき、飯を炊き、野菜を切り、煮て焼いて、器に盛り付ける。それを生業にしていた時期もあった。生家も米沢町で料理店を営んでいた。伊佐治が八つの年に潰れてしまったが。

女房のおふじと所帯をもつと同時に、おふじの父親がやっていた一膳飯屋を受け継いだ。早くに連れ合いを亡くし、男手一つで娘を育ててきた父親は、伊佐治とおふじが祝言をあげた三月後に息を引き取った。力尽きてくずおれるような性急な死だった。

「おふじと……梅屋を……頼むな」

きれぎれに伝えられた一言を遺言と心得て、伊佐治は懸命に働いた。娘と店を託されたのだ。懸命に働かねば罰が当たる。

表通りに店を構え、細やかではあるが暮らしも成り立ち、倅も生まれた。倅の太助は無事に育ち、名の通った料亭から板前として乞われるほどの料理人になった。乞うてくれたのが江戸随一とも称される料亭だったから、伊佐治は梅屋の店仕舞いも覚悟した。料理人すごろくの上りを摑もうとしている我が子を一膳飯屋に縛りつける気はさらさらなかったのだ。しかし、太助は梅屋の暖簾を継いだ。

「おれは、ここの板場で親父の背中を見て大きくなったんだ。だから、ここが……梅屋が好きなんだよ。ここに一人前の板前として帰ってくるのが……その、ずっと夢みてえなもんだったんで……。えっと、だから、おれから梅屋を取り上げねえでくれよ」

口下手な太助が、一心に語った言葉に、おふじは涙ぐみ、「あんた、あたしたちは倅に恵まれたんだねえ」と泣き笑いの表情を向けてきた。そのくせ、伊佐治と二人になると、料亭の申し出を断るのは惜しい、太助を説得した方がよくはないかなどと真顔で考え込んだりもしていた。

太助は母親のように迷わなかった。

店に手を入れ、上りの小間を作り、品数を増やし、ただの一膳飯屋を評判の小料理屋にまで押し上げた。おふじも太助も嫁のおけいも望まなかったから、梅屋の構えは小体のままで、客筋に大尽も貴人もいなかった。それでも、店は賑わい、何度も足を運んでくれる客も遠方から訪れる客も大勢できた。

「まったくねえ、おまえさんさえ横道にそれなきゃ、我が家は順風に帆を揚げるってやつだったのにねえ」

おふじが、ため息を吐きながら言った。

太助の祝言が終って、一月も経ったころだったろうか。

嫁のおけいは働き者で、明るく、気働きができて、笑顔が愛らしい、つまり、申し分のない相手だった。そのあたりの回り（めぐ）合わせのよさも、順風の一つに数えられるだろう。

「今更、何言ってやがんでえ。何年、おれの女房をやってんだ」

亭主風を吹かせて言い捨てたものの、語尾がどうしてもへなへなと萎（な）えてしまう。そのころ、伊佐治は岡っ引仕事にどっぷりとはまり込んでいて、朝から夜半まで留守にすることも珍しくない、つまり、梅屋の商いは女房と息子夫婦に丸投げしたも同然の日々を送っていたのだ。

脱け出すことができなかった。

信次郎の為人にうんざりも腹立ちもするのに、ときに怖気（おけ）さえ覚えるのに、何度も手札（てふだ）を返し堅気（かたぎ）の暮らしに戻ろうかと思い悩んだのに、それでも岡っ引であることを止められない。

おもしろいのだ。

江戸の巷（ちまた）に蠢（うごめ）く人々の表と裏を垣間（かいま）見る。

人を殺すのも苛（さいな）むのも、産み落とすのも、救うのも、生きる支えになるのも人だ。

憎むのも、慈（いつく）しむのも人だ。

「親分、この世には神も仏も鬼もいやしねえよ」

信次郎は呟いた。そして、こう続けたのだ。

「いるのは人だけさ」

よく覚えている。呟きであったのに耳に刻まれた。つい数日前のことだが、一年経っても十年経っても忘れないだろうと思う。

事件が一つ、起こった。

油問屋の主人が寄合に出掛けたきり、ふつりと姿を消したのだ。まる二日経っても帰らず、心当たりの行き先を残らず捜しても見つからない。隠し女がいたわけでも、借金があったわけでもない。商いはしごく順当で、三人の孫たちを可愛がっていた。

姿をくらまさねばならないわけが、どうしても見つからない。どれほど振っても米粒ほどの事訳（ことわけ）も落ちてこないのだ。

そういう人物が、何の痕跡も残さぬまま掻き消えた。

神隠しに遭ったのだと騒ぎになったのも当然だろう。

そういえば、主人が出かけるとき一寸だが身体が透けて見えただの、前日に誰もいない座敷で主人が一人、楽し気にしゃべっていただの、真偽の定まらない噂も飛び交って、騒ぎはさらに大きくなった。

縊（くび）り殺された主人の遺体が、店の裏手にある古井戸から見つかったのは、さらに三日後のことだ。

店の番頭と手代が下手人だった。

主人は油問屋の元奉公人で、その才覚を見込まれて一人娘の婿になった。そして、見込まれたとおりに商才を発揮して身代を肥やし、押しも押されもせぬ商家の主となったのだ。

夫婦仲もよく、二男一女に恵まれ、跡継ぎの長男、暖簾分けした次男、相生町(あいおいちょう)の蠟燭(ろうそく)問屋に嫁いだ娘のところに相次いで子が生まれた。みんな、健やかに育っている。

「あたしはね、あいつより二年ばかり早く奉公にあがったんですよ。西も東もわからないあいつに仕事を教えたのは、あたしです。あいつ、何にも知らなくて、あたしに頼りきりで……。それなのに、ちゃっかり婿に納まるなんて……。何であたしが、あいつを旦那さまと呼ばなきゃいけないんだ。あたしはずうっと耐えてきた。けど……、あのとき、どうにも堪忍袋(かんにんぶくろ)の緒が切れたんです」

おまえとわたしの間は、ずい分と隔たってしまったねえ。

主人が何気ない口調で言ったそうだ。何気ない口調だったから応(こた)えた。あれが罵詈雑言(ばりぞうごん)であったなら、耐えられたかもしれない。

番頭は白髪頭を震わせながら、胸の内を吐き出した。

「あいつはずっと、あたしのことを見下していたんだ。勝ったのはおれだと見下していた。そのことが、あからさまに伝わってきましたよ。許せなかった。だから……」

店の金をちょろまかして女に注ぎ込んでいた手代を無理やり引き入れ、主人を殺した。寄合帰りでほろ酔いの主人は、あっけないほど容易く縊れ死んでくれたのだと、そこまで白状して番頭は呆けた笑みを浮かべたのだ。

「神隠しなんて、端から信じてなかったんで？」

伊佐治の問いに、信次郎は肩を竦めた。そして、呟いた。

「親分、この世には神も仏も鬼もいやしねえよ。いるのは人だけさ」

「けど、どうして番頭に目をつけられたんですかい。あっしも、それなりに人を見る目はあるつもりでやしたが、正直、怪しいなんて思いもしやせんでした」

「えらく素直だな。親分」

「旦那相手に格好つけても始まりやせんからねえ。で、何でです？　教えていただけやすね」

「そうさな……噂話の出処ってとこかな」

「噂？　神隠しの噂でやすか」

信次郎が、微かに頷く。

「この世には神なんていねえ。いねえものが人を隠せるわけがねえ。じゃあ、どうしてみんな、神隠しだ何だと騒ぎ、真に受ける？」

「そりゃあ、世の中、旦那みてえな考えの者は少ねえからでしょうが。ほとんどの者が神さんや仏さんに縋って生きてやすからね」

「ふふん、縋ってんじゃねえ、押し付けてんのさ。自分たちの思案をちっとでも超えたものを神や仏や鬼の仕業にしている。それだけのこった」

伊佐治は神も仏も信じている。人も信じている。この世には人知の及ばぬ不思議があるとも信じている。鬼はともかく神仏を鼻の先で嗤う信次郎を、とことん不遜なお人だと呆れもするが、このお人ほど不遜が似合う男もいないかと思い直しもする。

「主人が行き先不明になったとき、神隠しじゃないかと言い出したのは、番頭だった。身体が透けただの、座敷で独り笑いをしていただのの絵空話も出処は同じだ。それにな、外をあれだけ捜していないとなると、残るのは一箇所、家の内しかねえ。そう考えてみると、裏手のあの古井戸、格好の死体捨て場になるじゃねえか。とっくに用のなくなった井戸だ、誰も覗こうなんて思やしねえ。で、ちっと調べてみたらよ、縁の周りの苔が剝がれ落ちてた。しかも、剝がれた苔は周りのどこにも見当たらない。ならば、まずは井戸の中に落ちたと考えるのが順当ってもんさ。何かが、かなりの重さの何かが井戸の縁をこすって中に落ちた。そのとき、剝がれた苔も一緒に落ちたんだ」

「その何かが、主人の死体だとお考えになったんで」

「古井戸に捨てる物ってのが、他に思いつかなかったんだよ」

くすくすくす。信次郎が笑う。軽やかでありながら、こちらの気分を僅かも浮き立たせてはくれない。

「井戸の底を浚ってみると告げたときの番頭の顔、見物だったな。血の気が引いて、蠟みたいな顔色になってよ。がたがた震えてやがった。ありゃあ、下手人でございと白状してるようなもんじゃねえか」

伊佐治は唸った。

番頭は十五の年から足かけ三十二年、店一筋に奉公してきた人物だった。温厚で物静かな人柄で奉公人たちから慕われていた。主人からも全幅の信頼を寄せられていたと耳にした。

そういう男が、胸の奥底に憎悪をたぎらせていた。消えもせず、萎えもせず抱え続けたそれは、主人の一言で抑制を失い、殺意へと変じていったのだ。

まるで見抜けなかった。

落胆する。同時に、心が震えもする。

おもしれえ。

番頭は温厚で物静かな人物を演じていたわけではない。生来の気質だったのだ。そして、執念深く残忍な性質でもあった。そちらの性質は上手く底に隠し、いや、番頭本人さえ気づかぬままだったのではないか。

信次郎の岡っ引として生きている限り、人が隠し持つ闇を知ることができる。人という生き物の深さに触れることができる。

おもしろくてたまらない。

このおもしろさを知ってしまえば、小料理屋の親仁に戻るのは至難だ。戻る気は半ば失せている。

板場で包丁を握るよりも、江戸の巷を掻き分けて生きる方が性に合っている。我ながらやくざな性分だとおふじにも太助にもおけいにも申し訳なくは思うのだが、どうしようもない。

「山犬が草だけ食って生きていけねえのと同じさ。親分は人が好物なんだよ、血が滴ってる生肉や臓物がな」

信次郎は伊佐治が悪鬼か獣のような言い方をする。

「旦那にだけは言われたくない台詞でござんすね。じゃ、何ですかい。旦那の好物は人の骨と生き血なんでやすかね」

言い返してみたものの、とどのつまり似た者主従なのかと苦く笑うしかなかった。ざわざわと騒ぐ想いに抗えなくて、主の命のままに江戸を駆け回る。

それでも、たまに、暇ができれば板場に立つ。

料理の品書や味付けを決めるのは全て太助だ。料理人としてはとっくに父親を追い越している倅は頼もしくもあり、ありがたくもあった。言葉にも身振りにもしないが、胸の中では手を合わせている。むろん、女房や嫁にも。

要するに伊佐治は家の者すべてに負い目があるのだ。

一昨々日、せっせと魚をおろしていたのも伊佐治なりの罪滅ぼしのつもりだった。

さらに数日を遡(さかのぼ)ったころ、太助が寝込んでしまった。風邪をひき込んだらしい。熱はさほど高くないが、咳き込みがひどかった。食べ物商売に咳はご法度(はっと)だ。

店を二、三日閉めるかという話も出たが、おふじが頑(がん)として聞き入れなかった。

「うちの飯を、楽しみに待っていてくれるお客さまがいるんだ。暖簾を出さないわけにはいかないよ」

「それに、お店を閉めちゃうと日銭が入ってこなくなるでしょ。正直、それは、ちょっと辛いよ。店を一旦閉めちゃうと、客足が遠のく怖さもあるし」

おふじよりさらに堅実なおけいが付け加える。

結局、作り置きしていた小魚の甘露煮と漬物、味噌汁だけの品揃(ぞろ)えで、太助が本調子に戻るまでの日数を稼ぐことにした。

「まあ、おれだって板前の端くれだったんだ。何とかなるさ」

と、伊佐治は大見得を切った。胸まで反らして見せた。しかし、翌日、油問屋の主人の神隠し騒動が起こり、梅屋どころではなくなった。幸いなことに、若さと気力のおかげなのか太助の病は思いの外早くに治った。それでも二日ばかり、おふじとおけいが奮闘したことと伊佐治が何の役にもたたなかったのは事実だ。

面目ないとしか言いようがない。

女二人が咎めも怒りもしないから、余計に肩身が狭い。今更ながら、せっせと魚をさばき下拵えを手伝ったりしていた。そこに、おふじが声をかけてきたのだ。

「ねえ、おまえさん、お願いがあるんだけど」

「何だ、改まって」

包丁を握ったまま古女房に目をやる。

「あのさ……遠野屋さんに頼んじゃくれないかい」

「遠野屋さん？　何を頼むんだ？」

「あの、だからさ……。遠野屋さんが今度の晦日あたりに廉売するんだよね」

「廉売？」

「ちょいとわけありの品をずい分と安く売りさばくのさ。わけありったって、遠野屋さんが扱う品だもの。そんじょそこらの小間物とは格が違うんだよ。素人目には疵なんて一つもわかりゃしない。何でも若手職人さんの手らしいけど、櫛も簪も半襟もそりゃあ見事なんだってさ。それが、ちょっと信じられないほどの廉価で買えるって、たいした評判なんだよね。ええ、そりゃあもう、評判でさ」

遠慮がちだったおふじの舌が滑々と回り出す。評判を連発し、目を輝かせた。

「けどさ、毎回、けっこうな人が押し寄せるみたいで、早目に申し込まないと入れないんだよね。あたしたちも一度は覗いてみたいんだけど、なにぶん忙しくてさ。諦めてたんだけど、今度の晦日ならあたしもおけいも手が空くんだよ。ほら、月に一度の休み日になるじゃないか。太助は野菜の仕入れに千住の方まで足を延ばすって言うし……、だからさ」

おふじが上目遣いに見詰めてくる。

「遠野屋さんに無理を言って、廉売に招いてもらいたいってわけか」

「そうなんだけど……駄目かね」

駄目だと撥ね付ければ、おふじはあっさり引き下がるだろう。もともと分を弁えた、執着の薄い性質なのだ。亭主の付き合いや仕事に踏み込んでくることは滅多にない。そのおふじが無理を承知で頼んできた。よほどのことだろう。

伊佐治は格子越しに店に視線を向けた。おけいがせっせと床を磨いている。

「おけいも行きたがってるのか」

「だと、思うよ。ああいう子だから、自分からねだったりはしないけどさ。この前の廉売の話を桶屋のお内儀さんがひとしきりしゃべってさ、堆朱の丸簪を見せてくれて……。まあ、あちらとすりゃあ自慢したかったんだろうけどね。そのとき、ほんのちょっぴりだけど、おけいがすごく羨ましそうな顔しちゃって……。そういえば、あの子、嫁に来てから簪の一つ、櫛の一つも買ってやってないなあって思ったら、何ていうか、急に不憫になっちまって。おけい、よく働いてくれるじゃないか。特に太助の病の間、そりゃあもう働きづめに働いてくれただろう。少しはいい目も見せてやりたいなと」

「ああ、わかったわかった」

慌てて、おふじの口を止める。

おけいの奮闘はよくわかっている。裏を返せば、伊佐治の空証文振りが際立つことでもあるのだ。

負い目がある者は弱い。

「よくわかった……。近えうちに、遠野屋さんに頼んでみる」

とたん、おふじの顔色が明るくなった。

「まっ、ほんとかい。嬉しい。おまえさん、ありがとうよ」

「馬鹿野郎。早とちりするんじゃねえ。頼んではみるが、上手くいくとは限らねえんだ。いくら顔見知りでも、ごり押しはしねえ。いや、できねえぜ。遠野屋さんにちっとでも負担をかけるようなら、なかったことにしちまうからな」

「もちろんだとも。ちょっと口をきいてくれるだけでいいんだ。それで駄目なら、すっぱり諦めて次の機会を待つさ」

おふじが笑みを浮かべる。ふっくらした頬が緩んで、艶っぽさと愛嬌が匂う。

横を向いて、伊佐治は胸の内で吐息を漏らした。

翌日、海辺大工町の外れで火事騒ぎがあり、焼け跡から女の死体が見つかった。女は腹を深々と刺されていた。つまり、焼死ではなく刺し殺されたのだ。

殺しならば、下手人がいる。

気持ちは昂ったが、昂りの中におふじの囁きを聞いてしまう。「おまえさん、頼んだよ」と。


ええい、面倒事は先回しだ。さっさと済まさなきゃ前に進めねえ。

と、伊佐治なりに自分を鼓舞して、遠野屋に出向いてきた。


手拭いで汗を拭きながらしゃべり終える。

やっぱり、情に絆されると碌なこたぁねえな。

「親分さん、驚きました。やはりご縁があるのですねえ」

そう言うと、遠野屋清之介は懐から書状を一通取り出した。

「実はこれを託けようと考えておりました」

「へ……、これは」

「この晦日、おふじさんとおけいさんに是非ともお出でいただきたくて、案内状を認めてみたのです」

「あ、じゃあ……」

「はい。当日、お待ちしております。お二人に、よろしくお伝えください」

「遠野屋さん、申し訳ねえ。我儘（わがまま）、言っちまって」

「とんでもない。わたしの方がお誘いしたのです。いや、おふじさんやおけいさんがどんな品を選んでくださるか、楽しみです」

嘘ではなさそうだった。

他人を傷つけないための優しい――信次郎に言わせれば小賢（こざか）しい――嘘がつける男ではあったが、今はそうではないだろう。遠野屋がこと商いに関わる限り、私情を挟むとは考えられない。

「助かりやした。これで、大手を振って家に帰れやす」

胸を撫で下ろす。

「さすがの親分さんも、おふじさんたちには頭が上がらない。そういうわけですか」

「へえ、仁王さまに踏みつけられた天邪鬼（あまのじゃく）ってもんでさ。ぐぅの音（ね）も出やせん」

清之介が軽やかに笑う。こちらは信次郎の笑声とは違い、心地よく染みてくる。

「茶を淹（い）れましょう。よい茶葉が手に入りましたので」

「いや、そんな、けっこうでやす。無理をお願いしに来て茶までご馳走（ちそう）になれやせん」

「親分さんに味わっていただきたいのです。風味がさっぱりしていて、なかなかに美味なのですよ。何でも、数種の茶葉を混ぜて、独特の香りと味を出すのだとか」

腰を浮かそうとした伊佐治を止め、遠野屋は茶を淹れ始めた。

遠野屋の淹れる茶は美味い。

茶葉の質もいいのだろうが、それだけではない気がする。湯加減なのか淹れ方にこつがあるのか、伊佐治にはわからない。ただ、美味いと唸るだけだ。

「ああ、ほんとにさっぱりしたいい味でござんすねえ」

新緑色の茶は清々しい香気がした。

喉の渇きがするすると消えていく。

「旦那がいねえからでしょうかね。ゆっくり美味さを味わえる気がしやすねえ」

「親分さんは木暮さまといると、いつもはらはらのしどおしですからね。茶どころではないのかもしれません」

「まったく、そうなんで。何でもう少し、尋常な大人になってくれねえんですかね。どういう育ちをしたら、あんなにねじ曲がれるのか、あっしには合点がいきやせんよ」

「ご存じないのですか」

「へ?」

「いえ……、木暮さまの育ち方、親分さんなら少しはご存じかと」

「いや、あっしはほとんど何も知りやせん。母上さまとやらは、早くに亡くなられたそうですが。あっしが、旦那の父上さまに手札をいただくちょいと前に病で亡くなった……確かそうだったと記憶してやすがね」

「そうですか。世間的には淋しい境遇と言えるわけですね」

「世間的にはね。けど、あの旦那ですからね。いくら子どもの時期とはいえ、当たり前に淋しがったり悲しがったりしていたとは、どうしても思えねえんですよね、あっしとしては」

「わたしとしても同じです。世間とも尋常ともかけ離れたお人ですからねえ。こういう言い方はよろしくないのですが……、木暮さまに母上さまがいらしたことさえ奇妙に感じます」

「わかりやすよ」

思わず膝を打っていた。

「あっしもときたま、旦那が人と人の間に生まれたとは、どうにも信じられねえ心持ちになりやす」

伊佐治と遠野屋は顔を見合わせ、小さく笑った。

「いけませんね。こんなやりとりを木暮さまが知ったら……」

「どういう顔、するでしょうかね」

「鼻の先で嗤ってお終いでしょう」

「でやすね」

もう一度、笑う。いまごろ、信次郎はくしゃみを連発しているだろう。そう考えると、さらにおかしい。

「親分さん」

「へい」

「一昨日、火事があって、女人が一人亡くなったと聞きました」

「そのとおりで。早耳でござんすね」

「その女人は焼け死んだわけですか」

一瞬、躊躇い、伊佐治は正直に答えた。

「違いやす。女は刺し殺されていやした」

遠野屋が湯呑を置いた。白磁の形良い器だ。

「殺し、ですか。では、木暮さまと親分さんの出番となりますね」

「へえ。今のところ、女の身元はわかってやせん。なんせ、半分焼け爛れておりやしたからね。身元を割るのはこれからです」

「木暮さまは何と？」

「旦那ですかい。旦那はいろいろと……」

ふっとよみがえってきた。

そうだ、あれはどういう意味だったのだろう。

ほとんど呟きだったし、女の身元を探るために手下に指図をしていた最中だったので、そのまま忘れていた。

でも、今にしてみれば、あれは……。

「親分さん、どうされました？」

遠野屋が首を傾げている。

「いえ、旦那がね、変なことを言ったんですよ。まあ、独り言の呟きで、すぐ傍にいたあっしにしか聞こえちゃいないでしょうが」

遠野屋の眼が僅かに細まった。それだけで、気配が引き締まる。

「木暮さまは何とおっしゃったのですか」

「それが、確か『続くな』と」

そうだ。焼け跡に立ち、信次郎は呟いた。

「続くな」

何が続いた？

あのとき、何が続いていたのだ？

伊佐治は湯呑を握ったまま、唇を結んだ。

遠野屋の表から、生き生きとした商いの声や音が伝わってくる。顔を上げると、遠野屋清之介が伊佐治を見詰めていた。瞬きもしない眼だった。

第三章　雲煙

焼け跡の臭いに、いつまでたっても慣れない。

柱が燃えた。壁が崩れた。畳も床も焦げて無残な姿をさらしている。きれいさっぱり焼けてしまったのなら、いっそ、すっきりもするのだろうが、雨に阻まれて炎は燃え上がらず、さすがに天井は半ば焼け落ちているものの家としての形は残っている。それが、無残さをいや増しているようだ。

そこから様々な臭いが立ち上ってくる。炭に似た、髪油に似た、炙った魚に似た、しかし、どれとも違う臭いが鼻を突き、伊佐治は咳き込みそうになる。

人が焼けていれば、異臭はさらに濃さを増す。

「いいぜ、連れて行きな」

信次郎が命じた。

戸板の上に死体が載せられ、菰を被せられる。

伊佐治は両手を合わせ、頭を下げた。人は死ねばみな仏だ。死後、極楽に行くか地獄に落ちるかは閻魔（えんま）さまが決める。己の仕事は生きている者の罪を暴（あば）くだけ、けして裁くことではないのだ。だから、どんな相手にでも、それが仏なら拝んで見送る。伊佐治が関わるのだから尋常な死に方の者などほとんどいない。匕首（あいくち）で喉を掻き切られた者、頭を潰された者、鎚（つち）で滅多打ちにされた者、首を絞められた者、井戸に飛び込んだ者、毒を飲んだ者、飲まされた者……。死に様が無残であればあるほど伊佐治は深くうなだれる。せめて、死の後の世では、穏やかであって欲しいと祈る。

この日も、祈りながら戸板の死体を見送った。

菰の下から手が覗いていた。焼け焦げた手だ。黒く爛（ただ）れた甲が割れ、肉が見えた。驚くほど鮮やかな紅色をしている。焼死した者の内側にこんな色が潜（ひそ）んでいたとは知らなかった。

人は、どれほど年を食っても、知らねえことだらけだな。

束の間だが、そんなことを考えてしまった。

「続くな」

呟きが聞こえた。

「へ？」

主を見上げる。

信次郎は腕組みをしたまま、前を向いていた。視線を追えば、一本の柿の木にぶつかった。仕舞屋の背戸あたりに生えていたものだろう。貧弱としか言いようのない細く曲がった木だ。実は一つもついていない。

信次郎がふっと眼を逸らす。

別に柿を見ていたわけではないらしい。

旦那、何が続くんで。

伊佐治が尋ねるより先に、信次郎が口を開いた。

「親分、殺しだぜ」

「へい」

伊佐治は僅かに乱れた気息を、唾を呑み込むふりをして整えた。

「あの仏さんは逃げ遅れて焼け死んだんじゃなく、何者かに殺された……ってわけですね」

「ああ。腹を刺されている。黒焦げになっちまえばわからなかったかもしれねえが、火が早くに消えたおかげで生焼けだ」

「嫌な臭いがしやすねえ」

人の生身を焼いた火は異様な色と臭いをまき散らす。伊佐治は軽く咳き込んだ。

信次郎はと見れば、鼻の先を動かしもしない。

「ありがてえことに、かろうじてだが傷痕はわかるぜ。一箇所だけだが、ずぶりとやられてらぁ」

「物盗りの仕業でやしょうかねえ」

女の一人暮らしを狙い、金も身体も命も奪う。獣じみた輩(やから)はごろごろいる。さっき運び出された死体は獣の毒牙にかかってしまったのか。胸の内でもう一度、手を合わせる。

「どうだかな。それも思案の一つだ。けど……」

「何か引っ掛かりやしたか」

「帯がな……」

「帯？」

「ああ、帯だ。あの仏さん、帯をしていなかった。寝衣(ねまき)じゃなく、襦袢(じゅばん)だけでもなかった。ちゃんと小袖を着てたんだ。それなのに、帯だけ解いていた」

「解いたんじゃなくて、無理やりだったんじゃねえですか」

「物盗りが女まで犯そうとしたってわけか」

「あるいは、端から女目当てで押し入ったってのも考えられやすぜ」

「女目当て、な」

「旦那はそうお考えにならないんで？」

言葉を返しながら、伊佐治は軽くこぶしを握った。落ち着け、落ち着けと己に言い聞かせる。

落ち着け、落ち着け、昂るな。

けれど、胸が高鳴る。心の臓がどくどくと鼓動を刻む。

木暮信次郎という男をどうにも好きになれない。昔からだ。もう十年をとっくに超える主従の付き合いであるのに、血も肉も骨も心もある相手と向かい合っているとは、どうしても思えない。そんな一時がある。度々ある。

どんな間柄であっても、長い年月を共に過ごせばそれなりに相手を解し、間を縮め、わかり合えるものだ。わかり合って心を寄せるか、疎ましさが増すのかは、それぞれであるが。

信次郎にはそれがない。

信次郎に拒まれているとは感じないのだが、その心の内に一歩踏み込んでも二歩足を進めても、何も見えないのだ。ああ、このお方に少し近づけた、と感じる折がない。なんとも張り合いのない男だった。だから、好きになれない。

けれど、惹かれはする。

今のように、信次郎とのやりとりの最中、湧いてくる昂りは他では味わえない。傍から見れば、思いつくままにしゃべっているとしか見えないだろう。伊佐治はそうだ。信次郎の言葉から閃いた、引きずり出された、ぼんやりと感じたあれこれを飾りもせずに、そのまま口にする。

信次郎はどうだろうか？

肉も骨も血も心も作り物めいて冷ややかな男ではあるが、頭だけは本物だ。熱があり、生き生きと動く。滑らかに回り、ばらばらだった事実の一片一片を嵌るべき場所に嵌て、ゆるぎない一幅の画を生み出す。真実という画だ。

傍らにいて、画の一等初めの見物人になる。覆いを払われた真実をこの眼で確かめる。

どうにも、たまらない。

ぞくぞくする。

快楽だ。この快楽のためなら、命も惜しくないと思わされてしまう。剣呑で厄介で、痺れるほど甘美だった。

どうしようもない。

とっくに心は定めている。とことん付き合うのだ。

この作り物めいた同心にもあの若い辣腕の商人にも、とことん付き合う。いや、むしろ、この歯で力の限り嚙みついて、放さない。

人の一生とは、剣呑で厄介で甘美で、おもしろい。財を成したわけでも、成り上がったわけでもない。江戸の片隅で生きる小料理屋の親仁であり、岡っ引に過ぎないのだ。

それが、おもしろい。引き合いに出すのも畏れ多いが、千代田城の主でも味わえない快楽、愉楽ではないか。

「乱れてねえんだよな」

信次郎の呟きがまた、つるりと耳に滑り込んできた。

「着物の裾が乱れてなかった」

「そこまでわかりやしたか。いくら生焼け……」

一瞬、口をつぐむ。魚ならまだしも、人に使う言葉ではない。

「いくら焼け焦げてなかったとはいえ、相当に、その……」

「親分、よほど炎の勢いが強くない限り人が消し炭になるこたぁねえ。いろいろと手掛かりは残してくれたさ。まあ消し炭になってもならなくてもそれなりに、いろいろと語ってくれるのが、死体ってもんだがな」

「語るんで？　ああ、なるほどね」

うちの旦那は死体と話ができるんだ。

すとんと納得できた。

「犯されそうになった、あるいは犯されたとなると、裾は当然乱れてやすか。だとしたら自害ってこたあねえですかい。何かわけがあって、家に火を付けて命を絶ったって筋でやすよ」

「自害の道具がないぜ」

「見つからねえだけじゃねえですか。本腰を入れて探しゃあ出てくるかもしれやせん」

「しかし、自害するのに帯を解くこたぁねえだろう。むしろ、身形を整えるんじゃねえか」

「旦那、やけに帯に拘りやすね」

信次郎の黒眸が伊佐治に向けられる。冷たくも温かくもない、感情のこもらない一瞥だった。

「意味が通らねえからな」

「意味……でやすか」

鸚鵡返しに問う。それも仕事の一つだ。伊佐治の問いに答えることで、信次郎が何かを摑むことがある。たまにだが、あるのだ。戸の滑りをよくする油にも似て、何気ない問いかけや鸚鵡返しが思案の歯車を回すのだ。

「なあ親分、この世に意味が通らねえものなんかないのさ。どんなに面妖に見えても、摩訶不思議であっても一皮剝きゃあみんなそれなりの意味がある。それを明らかにできねえような事なんざ、人の世には起こらねえんだよ」

「へえ……」

これは納得できない。人の世だからこそ、人知を超えた怪事が起こる。人が解き明かせる真相など、ほんの僅かに過ぎない。人が神を敬い、仏に縋るのは、自分たちが僅かしか知らない者であるからだ。微かな提灯(ちょうちん)の明かりだけを頼りに、漆黒(しっこく)の闇を歩かねばならないからだ。そう思えば、畏れや節度が身の内に滲んでくる……とは思うが、そこを信次郎に告げても詮無(せんな)い。畏れとも節度とも縁遠い男ではないか。

それに、以前に言われたのだ。言ったのは遠野屋清之介だった。

「この世で人ができることなど、さほど多くはありませんでしょう」

そう前置きした後、しかし、と清之介は続けた。

「しかし、木暮さまならもしかしたら、と思うことがございます。木暮さまなら、人の世のことごとくを明らかにできるのではないかと。いえ、わかっております。木暮さまとて人の子。神仏でない現(うつし)の身で、何もかもを見通せるわけがないと……。親分さん、よくわかっているのです。ですから、これはわたしのただの思い込みなのでしょう。ただ……、その思い込みをどうしても拭えない、一笑に付せられないのですよ」

あれだけの商人をして捨てきれない思い込みがある。

それなら、おれ程度の者が旦那に目眩(めくら)まされるのも、致し方ねえ仕儀(しぎ)よな。納得できねえけど納得しちまう。それも有りってことだ。

この世にある全ての意味は、日の許に引きずり出せる。どんな奇妙な、どんな奇怪な出来事であっても、必ずそこには人がいるのだ。霊魂のせいでも、物の怪(もののけ)の仕業でもない。まして、神や仏の力ではない。現に見えるもの、聞こえるもの、匂うもの、触れるもの、それだけで何もかもを説き明かせる。

信次郎の考えを尊ぶ気はさらさらないが、挑みたいような心持にはなる。それなら、余すところなく解き明かしてもらおうじゃねえか、と。信次郎はときに無表情のまま、ときに薄笑いを浮かべて、伊佐治の挑みを受け止めてきた。皮を剝いで、真実をさらけ出した。その度に、伊佐治は唸り、仰天し、感嘆する。目の前の闇が一瞬で晴れたような気分に、息を吸い込む。そして、ああ、この世ってのはおもしれえなあとほくそ笑むのだから、我ながら質が悪い。

「じゃあ、どういう風に持っていきゃあ、意味とやらが通るんです」

やはり、挑み口調で問うたが、

「さあ、わかんねえな」

と、あっさりかわされた。

「何で帯を解いたのか。あるいは解かれたのか。なあ、親分、女が帯を解くのはどんな場合だ」

「え？　そりゃあ……着替えとか、寝支度とか……」

「目合のときもそうだな。まあ、帯をしていても、股さえ開けられればやれるっちゃあやれるか」

「何でそうあからさまな言い方をしなさるんで」

「親分の前で、今更、上品ぶっても始まるめえ」

「旦那だって一応はお武家じゃねえですか。ちっとは、品位ってもんを考えてものを言ってくだせえよ。ようがす。じゃあ、あの仏さんは男と情けを交わそうとして帯を解いた。けど、そこで何かごたごたが持ち上がって……口論にでもなったのかもしれやせんね。それで、かっとなった男が女の腹をぶすりとやっちまった」

「それから、火を付けて逃げた……か」

「筋書としちゃあ、まあ、そこそこできてやすぜ」

「だな。こんなところに一人で住んでいた女だ。わけありなのは確かだろうさ。まずは身元を洗い出さなきゃならねえ」

「へい」

「痴情絡みだとすりゃあ、女の身元が割れれば下手人の見込みもつき易くはなる」

「おっしゃるとおりで。まずは手下に近所周りを探らせやす。女が囲い者なら、通ってきていた男がいるはずでやすから」

「ああ、それに女中だな。女の世話に雇われていた女中が一人ぐらいいたんじゃねえか。通いなら、近所の女房か娘か、だ」

「併せて探らせやす」

「頼む。出入りの米屋や酒屋がいれば、それも」

「お任せくだせえ」

「お任せするさ。こんなとき、親分と親分の手下ほど頼りになる連中はいないからな。ほれ」

金包みが渡される。

「手下たちに配りな。それで、思う存分働いてもらうぜ」

「いただきやす。ありがてえこって。で、旦那」

「うん？」

「旦那は帯の件、どうお考えなんで？　あっしの筋書じゃあ、今一つ気に入らねえようでやすが」

信次郎が苦笑する。

「自分の気に入ったように決めつけてちゃあ、下手人には辿り着けねえよ。親分の話はうまいとこを衝いてるぜ。十人が八人とこ、合点するだろうさ」

「けど、旦那は気に入らねえ」

「だから、気に入る入らないって話じゃねえんだ。ただよ、十人が八人合点するってのは、胡散臭いじゃねえか。誰も合点できないようなことが多々起こるのが世間だ。まして、人の死に方なんて……殺した、殺された経緯なんてのは千差万別、色合いってもんがまるで違う」

「わかりやす。殺しに原型なんてのはありやせんからね」

「ああ……。だから、まあ、その千差万別をあれこれ考えちまうのさ」

「あっしには、あれこれってのがちっと手強くて、考えつきやせんが……。旦那はどうお考えなんで？」

さっき、さらりとかわされた問いをもう一度、ぶつけてみる。知りたいのなら、知ることができるまで執拗に嚙みついていく。持って生まれた気性だ。何の自慢にも得にもならないが、岡っ引には向いているはずだ。

今度は答えが返ってきた。

「そうさな……刺すためかもな」

「刺すため？　女を刺すために、帯を解いたと？」

「ああ、刺し傷は乳のちょいと下、ちょうど帯のあたりだった。帯がなければ、刺しやすくはなるだろうぜ」

「けど、花嫁御寮じゃあるまいし、金襴緞子の帯を締めてたわけじゃねえでしょう。並みの男なら帯の上からでも十分でやすぜ」

「並みの男じゃなかったらどうだ？」

「は？　そりゃあつまり、並みより貧弱な、力のねえ男だったたってことでやすかね」

「かもしれねえってことさ。とっ捕まえてみたら、とんでもねえ大男だったってのも無きにしも非ずだからよ。〝かもしれねえ〟に惑わされて調べの間口を狭めちゃなんねえぜ。ふふ、いや、尾上町の親分がそんな素人仕事をするわけがねえか。釈迦に説法しちまったな」

「畏れ入りやす。けどねえ、旦那」

そこで、信次郎が噴き出した。笑うとほんの刹那だが、初めて出逢ったころの少年の面影が過る。

「何です？　あっしが、何かおかしなこと言いやしたか」

「いや、親分もしぶといと思ってな。『けどねえ』って言いながら、とことん食らいついてくる」

「悪うござんしたね。あっしの生まれつきなんで」

「だろうな。いい性分だ。つくづく、岡っ引になるために生まれてきたような御仁だよなあ。岡っ引の他に何の役にもたたねえ性質だけどな」

「自分でもよぉくわかってやすよ。おかげさまで、旦那みたいな一風変わったお方から手札を頂けもしやしたからね。旦那のおかげで苦労もさんざんしなきゃなりやせんが、まあ……我ながら、おもしろい日々を過ごしているとは思いやす」

皮肉と本音を混ぜ合わせて投げ返す。

「けど、あっしの性質なんてどうでもいいこって。聞きてえのは、もし下手人が刺すために帯を解いたとしたら、何で、そんな面倒な真似をしたんだってところでやすよ。首を裂いてもよかったし、心の臓を一突きしたって殺せやす。その方が手っ取り早くはありやせんかねえ」

「手っ取り早く殺したくなかったってわけか。それとも、どうしても腹じゃなければならなかったのか……」

「刺し殺すために腹に拘るって……、旦那、それこそ意味がわかりやせんが」

「わからねえな。まあ、仕方ねえさ。まだ、始まったばかりだからな。これからさ、おもしろくなるのはな」

くすっ。信次郎が小さく笑う。少年の面影など微塵（みじん）もない。

「この一件、おもしろくなりそうなんで」

信次郎の機嫌がいいのは興がのった証（あかし）だ。この事件にそそられる何かを感じたのだろう。

伊佐治にはわからなかった。

信次郎は帯に拘るが、伊佐治とすれば独り暮らしの女を狙った物盗りの仕業、としか思えない。思えないけれど、信次郎がそそられたのなら、そんなありきたりで済むはずがなかった。

人一人が殺されている。

そんな事件をおもしろいと公言する男も、おもしろくなりそうなのかと尋ねる己も無法者だ。人の法から外れている。外れ度合いは、自分の方がよほど小さいだろうが。

伊佐治は肩を窄めた。

胸の高鳴りはすでに収まっている。

「ともかく、あっしは手下を使って、まずはしらみつぶしに近所を当たってみやす。それに、この焼け跡もちっと本腰を入れて探ってみなきゃなりやせんね。女の身元を知る手掛かりが焼け残っているかもしれやせんし」

「そうだな。しかし、炭屋の小僧みてえに真っ黒になるぜ」

「そのくれえの苦労なら楽なもんでさ。じゃあ、早速に動きやす。手下どもがうずうずしてるようなんで」

頼むと呟いて、信次郎は焼け跡の一点に視線を落とした。

そこに何が見えるのかと、伊佐治も目を凝らしてみた。女が横たわっていたために畳の色がはっきりと残っている。他のところのように焦げていない。ただ、血が染みついて、焦げとは違う黒っぽい色が広がってはいた。

続くな。

あの一言の真意を聞き逃したと気が付いたのは翌日、女房のせつなげな眼差しに耐え切れず訪れた、遠野屋の座敷でだった。

「なるほど、では木暮さまが何をもって続くとおっしゃったか、はっきりしないわけですね」

遠野屋清之介が短く息を吐いた。

微かに落胆の色が漂う。

こういうとき、伊佐治は安堵するのだ。

遠野屋の内に人の匂いを嗅いで安堵する。

落胆、悲嘆、嫉妬、切情、歓喜、慈愛……。人であるからこそ情が動く。遠野屋から伝わってくる情が伊佐治は好ましくてならなかった。信次郎は嗤う。

「親分は、遠野屋に肩入れし過ぎてんだよ。だから、ありもしねえ匂いを嗅いじまうのさ。人ってのはいい加減なもんだ。見たいものしか見ず、嗅ぎたいものしか嗅がないで済ましちまう。まっ、そういうとこで、親分はお望み通り実に人らしい人だよな」と。

嗤われても別段、腹は立たない。信次郎の嘲笑にはとっくに慣れっこだ。だから、そのときも鼻を鳴らしただけで返事はしなかった。信次郎がどう言おうと、伊佐治は己の嗅覚を信じている。幻の匂いを嗅ぐほど愚かではない。むしろ、遠野屋の中に人ならぬものを望んでいるのは、信次郎の身勝手だと思う。

異形は異形を求める。

仲間になるためでも、睦み合うためでもない。獲物にするためだ。食い千切り、骨を砕き、髄までしゃぶる。

信次郎の眼には、遠野屋はまたとない美味な獲物に映るのだろう。

遠野屋が新しい茶を差し出してくれた。先刻のものより濃い目だ。茶の味がしっかりと染みてくる。美味い茶を一口啜り、伊佐治ははっきりと告げた。

「そのうち、聞き出しまさぁ。こっちが躍起になって問い質しても、気が乗らなきゃあだんまりでやすからね。うちの旦那は」

「確かに、親分さんより他に木暮さまを扱える方はいませんからね。もし、何かわかったら、ぜひお教えくだささい」

遠野屋の口調が、僅かではあるがいつもより粘っている。

「遠野屋さん、この一件が気になるんでやすか」

「木暮さまのお気に召した……という言い方も変ですが、その気になられたのなら一筋縄ではいかない事件でしょうから、やはり、それは、真相を知りたくもあります。言ってしまえば、童がおもしろい話をせがむ心持ちに近いでしょうか」

「正直でやすね」

「ええ、木暮さまではありませんが、親分さんを相手に、今更、見栄を張ってもしょうがありませんから。けれど……人一人が亡くなっているのに、些か不謹慎ではありました」

「いえ、あっしも同じでやすよ。あっしにはただの物盗り、火付けとしか思えねえのに、うちの旦那はそうじゃねえらしい。そりゃあ、つい生唾を呑み込みたくもなりやす。それに……どうも、旦那の言うとおりかもって気に、今はちょいとなってやす」

「と、言いますと」

「出てこねえんですよ」

「出てこない？」

遠野屋が微かに眉を寄せた。

「……亡くなった女人について何も出てこなかったと？」

「さいです」

頷く。頭の隅が僅かに疼いた。

何も出てこなかった。

女の正体は知れぬままだ。

「しかし、親分さんの手下ですら何も摑めないというのは、信じがたいですね。通いの小女なども見つからなかったのですか」

「見つかりやせん、今のところはでやすが。あの家に通っていた女どころか猫の子一匹、出てこねえんで。というか、人が住んでいたのかと驚かれる始末で」

「え、では、空き家だと思われていた？」

「へえ……そうなんで。ただね、雑木林の中で明かりがちらちらしているのを見たって奴もいるにはいるんで。だから気味悪がって、あまり近づかないようにしてたんだとか」

「普段は空き家同然だが、たまに誰かが訪れていた節があるということでしょうか」

「どうもそのようで……」

我知らず、伊佐治は肩を落としていた。

「あのあたりは町の外れで、ちょっとした雑木林になっていやす。周りも田畑が広がってはおりやすが、百姓家も建ってやすし、少し行けば商売屋も長屋もありやす。そのあたりの女房か娘が雇われて通っていたはず、探し出すのは容易いと高を括っていたのが……どうにも、いけやせん。誰も何にも知らねえんで。もちろん出入りの店なんてのも見つけられず仕舞いで。まったく面目ねえ次第でやすよ。手下たちには、もう少し突っ込んでみろと気合をいれてはみましたが……」

探索は初めが肝要だ。初めで手掛かりを取り逃がせば、摑むための手間は倍になり、摑める見込みは半分になる。昨日、手下たちが何も銜えずすごすごと帰って来たとき、正直、頭を抱えそうになった。そんなにてこずるとは考えてもいなかったのだ。

「つまり、死んだ女人はその家で暮らしてはいなかった、とも考えられるわけですか」

「うちの旦那にもそう言われやした。もしそうなら、探索の向きを変えなきゃならねえなって」

ここで、また、肩を下げてしまった。

「旦那の指図で家の持ち主を探したんでやすが、これもさっぱりで」

「宗門人別帳(しゅうもんにんべつちょう)には何と？」

「さる米問屋の隠居の持ち家になってやした。ところが、この隠居、一月(ひとつき)も前に亡くなってたんで。で、家の者は誰も、雑木林の中の仕舞屋のことなんか知らないって有様(ありさま)でさあ。惣領(そうりょう)息子でさえ隠居から伝えられてなかったようで、驚いてやしたよ。あっしが直(じか)に話をしたんでやすが、芝居をしている風には見えやせんでした。本当に何も知らなかったようです」

「それはまた」

遠野屋が微かに息を吐いた。

「何とも不思議な一件ですねえ」

「へえ、さすがに旦那がおもしろがるだけのこたぁ、ありやすよ」

暫く黙り込み、遠野屋は湯呑を傍らに置いた。

「親分さん」

「へい」

「火事が起こらなかったら、死体は見つからぬままだった……かもしれませんね」

伊佐治は瞬きして、遠野屋の顔を覗き込んだ。

「遠野屋さん、同じでやすよ」

「え？」

「うちの旦那もそっくり同じことを口にしやしたぜ。火事さえなけりゃあ、あの女は誰にも気付かれないまま、腐り果てていたかもしれないなと」

「……わたしは、そこまで露骨には申しておりません」

「確かに、確かに。けど、下手人が死体に気付いて欲しくて家に火を付けたなんて、どうにも考えられやせんぜ。殺した後にわざと火を付けたのなら、わかりやすがね」

殺しただけでなく、火付けまでする。悪鬼の仕業だ。しかし、その悪鬼に存外容易く人は陥る。残虐さだけではなく小心故に、だ。

夫婦喧嘩の言い争いの末に、女房を絞め殺した大工がいた。血の泡を噴き、かっと目を見開いている女房の形相が恐ろしくて、恐ろしくて、油をまいて火を放った。火は燃え広がり、隣家五軒と長屋一棟が灰燼に帰した。

「燃えたら何もかも無くなると思ったんで……、何もかも無かったことになると……思えたんで」

大工は身体を震わせながら告げた。

極刑に処せられ、命が絶える直前まで震え続けていたと、伊佐治は人伝に聞いた。見たくない。無かったことにしたい。だから燃やす。炎は全てを呑み込んで、全てを無にしてくれる。そう思い違いしてしまう者がいるのだ。頭ではなく心が違え、惑い、狂ってしまう。

今回も、おそらくその類だ。

なぜ、女を殺したか。〝なぜ〟はまだ闇の中だが、下手人は己の罪を含めことごとくを灰にしたかったのだ。

「と、あっしは考えてやす。他にはどうも考え難いんで」

「ええ、その方がよほど腑に落ちます。けれど……」

「へえ、わかりやす。うちの旦那が、あっさり腑に落ちるような件に拘るわけがねえ。実際、女の身元はわからねえ。家の持ち主は亡くなって、周りは何一つ知らねえときた。事の様相、かなり怪しくなってやす。これはどうも、あっしなんかの思案の埒外にあるのかもしれやせん」

遠野屋と顔を見合わせる。

「いけませんね、親分さん」

「いけやせんね。あっしも遠野屋さんも、うちの旦那についつい引きずられ物事を考えてやすねえ」

「わたしは、木暮さまの手のひらで転がされている気がいたしますよ。たまに、ですが」

「そうですかい。けど、旦那は遠野屋さんに引き回されているみてえに感じてか、妙に苛（いら）つくことがありやすよ。うちの旦那をあそこまで苛立たせられるのは、遠野屋さんだけでやす」

「褒（ほ）められている気はしませんが……」

「褒めてなんかいるもんですかい。気の毒だなと思ってんですよ。つくづく、お気の毒なことで」

もう一度、顔を見合わせる。

遠野屋が口元を綻（ほころ）ばせた。頰に仄（ほの）かだが血の色が差した。

「ほとんど手掛かりのないこの一件。木暮さまがどう料理なさるか、大きな声では申せませんが、楽しみにしております」

「あっしもですよ」

「悔しいけれど、やはり、木暮さまに転がされておりますね」

「まったくで」

茶を飲み干す。

潮時だ。

無理を叶えてもらった。美味い茶を馳走になった。あれこれしゃべり、頭の中身を整えさせてもらった。

これ以上、忙しい上にも忙しい商人のじゃまをしてはならない。

「じゃあ、あっしはそろそろこれで」

腰を上げようとしたとき、ふっと思い出した。

「そうだ、手掛かりといやあ、これが」

懐から、手拭いを取り出す。

「焼け跡から見つかりやした」

広げた手拭いの上に、鶯色の布切れが載っている。あちこちに焼け焦げができていた。

「手に取ってよろしいのですか」

「もちろんでやす」

遠野屋がそっと布を摘み上げる。目を細める。品を見定める商人の眼つきだった。

「これは、帯の端でしょうか」

「じゃねえかと思いやす。旦那が拘っていた帯の焼け残りでしょうよ。けど、ただの鶯色の帯ってだけじゃどうにもなりやせん。手下どももあっしも、何軒か帯屋を回りやしたが、これといった手掛かりは摑めずでやす」

「……いや。でも、これは……」

遠野屋の呟きに、伊佐治は息を詰めた。

「え？　遠野屋さん、何か心当たりがありやすか」

「いえ……。わたしは帯のことはさほど知りません。ただ、これは……織の帯ですね。しかも、触れた感じが些か変わっている」

「変わっているってのは？」

「織物というのは当たり前ですが、織り方によって手触り、肌触りが僅かに違ってきます。そこが染の物とは違うところとなります。わたしも商売柄、時折、帯を触りますが、この手触りは珍しい。まるで、小さな粒が集まっているような……」

遠野屋の眼差しが揺れた。自分の指先を眺め、眉を寄せる。僅かばかり首を傾げもした。

「わかりやすか」

思わず身を乗り出していた。廉売への招きを頼みに来たことなど、頭から吹き飛んでしまう。むろん、女房も嫁も倅も掻き消えていた。

「これがどんな帯で、どこで手に入るのかわかりやすか」

珍しい物であればあるほど、間口は狭まる。思わぬ手応えに、伊佐治の心は逸った。

「いえ、わかりかねます」

逸った心に水を浴びせられる。

「親分さん、申し訳ありません。わたしとしては手触りに何かを感じただけで……、そこから先は何も申し上げられません」

遠野屋が肩を窄める。

「……さいですか」

身体の力が抜けた。

一つ進んだかに思えたすごろくは、まだ、振り出しの域から出ていなかったようだ。

「これを暫く、お借りできませんか」

遠野屋が手拭いに布を挟み、軽く持ち上げる。

「実は、明日、三郷(みさと)屋さんと会うことになっております。三郷屋さんは、正真正銘の帯問屋の主です。わたしの感じたものを言い当ててくださるかもしれません」

「なるほど。それなら、こちらから頭を下げてお願いしやす。喜んで遠野屋さんにお預けしやすんで、よろしく頼みます」

「お預かりいたします」

遠野屋は手拭いを膝に載せ、指先で押さえた。視線がまた揺らいだように、伊佐治には見えた。

「遠野屋に渡した？」

「へい」

信次郎が酒を呷る。

「どういう経緯だ。話してみな」

「へえ……」

伊佐治は銚釐を傾け、空になった盃に酒を注いだ。

梅屋の上げ床の席だった。

小座敷などという上等なものはないので、床の隅に衝立をして仕切りにしている。粗末と言えば粗末な造りだが、料理の味だけは一流だ。旬の野菜や魚をとびっきり上手く拵えて、安値で振舞う。

太助の代になってから梅屋の評判は上がることはあっても、落ちることはない。

「さっさと代替わりできてよかったよな。親分が包丁を握ってたら、梅屋はとっくに潰れてたぜ。それが太助のおかげで、安泰も安泰じゃねえか」

「おかげさんで。まあ、あっしだって岡っ引稼業に……岡っ引が稼業になるかどうか怪しいもんじゃござんすが、そこに足を突っ込みさえしなかったら、もうちっとはまともな料理人でいられたんですがね。つくづく道を間違えたと悔やみやすよ」

信次郎の嫌味に嫌味で答えたのは、太助が梅屋を一膳飯屋からちょっとした小料理屋に作り替え、客足が日に日に増していたころだ。その信次郎をして「文句のつけようがねえほど美味いな」と言わしめたのが、太助の腕なのだ。その一言を耳にしたとき、伊佐治は改めて息子の料理の才に感じ入ったものだ。

褒めたから、認めたからといって信次郎が足繁く梅屋に通ったわけではない。今日も、顔を見せたのは三月ぶりになる。

「まあ、木暮の旦那。お久しぶりです。すっかりお見限りでしたねえ。ちょうどよかった、いい鰺（あじ）が入ってるんですよ。旦那、ちょいと炙って酢醤油で召しあがるの好物だったでしょう。すぐにご用意、いたします」

おふじが愛想笑いを浮かべ、衝立の席に案内する。すぐに酒と料理が運ばれてきた。

「おふじのやつ、やけに機嫌がいいじゃねえか。気味が悪いな」

「酒に毒でも入ってるかもしれやせんね」

酌をしながら、伊佐治はにやりと笑ってみせた。

「冗談に聞こえねえとこが怖いな。けどよ、おふじが殺してえと思ってるのはおれじゃなくて、亭主の方だろうがよ」

「あっしは、別に女房に怨（うら）まれるようなこたぁしてやせんよ。嬶（かかあ）の機嫌よりも、旦那、あの帯のことでやすが」

「何か掴んだかい」

「遠野屋さんに渡してきやした」

信次郎の手が止まる。盃の片白が揺れた。

「遠野屋に渡した？」

「へい」

信次郎の視線が不意に尖る。殺気にも似た気配が放たれた。伊佐治は我知らず銚釐の持ち手を握りしめていた。けれどその気配はほんの刹那で消えた。信次郎は酒を呷り、ひょいと顎をしゃくった。

「どういう経緯だ。話してみな」

いつもより柔らかくさえある口調で促す。

「へえ……」

もとより、きちんと告げるつもりだった。明日にでも報せに行こうと思っていたのだ。疚しさなど何一つないのに、背中がうそ寒い。蜘蛛の巣に引っ掛かった羽虫のような気分になる。信次郎の優しさや柔らかさがどれほど剣呑か知っているからだろうか。

「貸しな」

信次郎が銚釐を取り上げた。伊佐治の盃を酒で満たす。

「で、遠野屋は何て言ったんだ。あの帯についてよ」

「それは……」

一息に酒を飲み干して、伊佐治は遠野屋清之介とのやりとりをしゃべった。遠野屋をおとなったわけも含め、手短に、要領よく話す。

聞き終えて、信次郎は頷いた。

笑顔だった。

「なるほどね。おふじの機嫌がすこぶるいいわけが納得できたぜ。遠野屋のおかげで亭主の値打ちを上げたじゃねえか、親分」

「さいでやすね。でも、そこが肝要じゃありやせんでしょう。旦那、遠野屋さんが帯の織り方に何か察したのなら、それが手掛かりになるかもしれやせんよ」

「ふむ……」

信次郎の箸が鯵の身を剝いていく。

「遠野屋は小間物問屋だ。帯屋じゃねえ」

「よぉく知ってやすが」

「親分も手下たちも、あの端切(はぎ)れを持って帯屋を回った」

「手分けして二刻(ふたとき)ばかり走り回りやした」

「にもかかわらず手掛かりは摑めなかった。まあ、あれっぽっちの焼け残りじゃ摑めなくて仕方ねえかと、半ば諦(あきら)めていた。それは、親分も同じだろう」

「へえ……」

「なのに、帯屋でもねえ遠野屋がどうして何かを察したりできる？　帯の織の違いなんか小間物屋にわかるのかよ」

伊佐治は顎を引き、主を見詰めた。信次郎は手酌の酒を飲み干している。

「旦那は遠野屋さんがあっしを騙ったと思っていなさるんで？　つまり、あっしを騙して、帯の端切れを取り上げたと？」

「何で、遠野屋がそんな真似をする？」

「知りやせんよ。十中八九どころか、十が十、そんなこたぁ考えられやせん。あっしにはね。けど、旦那は遠野屋さんを疑っている口振りじゃねえですか。だから」

「いつだって疑っちゃあいるさ。信じたことなんざ一度もねえよ」

「旦那」

信次郎は箸を置いた。鯵はきれいに骨だけになっている。おけいが大根の間引き菜と油揚げのひたしを持ってきた。

「あの、間引き菜はとても柔らかくて苦味も……」

そこで口をつぐむ。

義父と義父の主を見やり、そのまま、衝立の後ろに下がった。

「おっかさん、おとっつぁんと木暮さま、何だか様子が変だよ。ぴりぴりしちゃって、怖い」

「ああ、そうかい。じゃあ、近づかないのが得策だね。気の立った野良犬ほど始末に負えないものはないからね」

「まっ、おっかさんたら。その言い方、ちょっとひどかない」

嫁と女房のやりとりが聞こえるようだ。

信次郎が心持ち、顎を上げた。

「信用はしてねえ。けど、遠野屋が騙りをするとも思ってねえ。あやつが帯のことを気にかけたのなら、それだけのものが確かにあったんだろうさ」

かたん。盃が膳の上に転がった。空だ。なぜか酒を注ぐ気になれなくて、伊佐治はこぶしを握る。

「どうしてだ」

転がった盃を見詰めたまま、信次郎が呟いた。

「あやつ、どうして帯の焦げ端などに気持ちが動いた」

「ですから、織がどうとか……」

「織ねえ。ちらっと触ってわかるほど変わった織なら、帯屋が気付かねえわけがなかろうよ」

言われてみれば、そうだ。

つい、唇が歪んでしまう。

「あやつ、何かを知っているわけか」

信次郎がさらに呟いた。指の先で空の盃を弾(はじ)く。銚釐も空になっていた。信次郎は新たな酒を求めなかったし、伊佐治もその気にならなかった。「おい、酒を頼む」。その一言を口にするのがどうしてだか躊躇(ためら)われる。

主従は膳を前にして、黙ったまま向かい合っていた。

くっくっくっ。

信次郎が笑う。壁に背をもたせかけ、俯(うつむ)き、低く笑い続ける。

おけいが新しい銚釐を運んできた。おふじが気を利かせたのだろう。義父に渡し、空になった器(うつわ)を盆に載せる。その間中、おけいは無言だった。黙ったまま、ちらりと信次郎を見やる。眼の中に怯(おび)えらしい影が走った。笑い続ける男を不気味にも、恐ろしくも感じたのだろう。そそくさと引っ込んでいった。伊佐治は信次郎の盃を起こし、酒を注ぐ。束の間考え、自分の盃はそのままにした。かわりに湯呑になみなみと茶を入れる。

酒に酔う気はきれいに失せていた。

「まったく、おもしれえ男だよな。遠野屋ってやつは」

「さいでやすか」

「おもしれえじゃねえか。どうして、こちとらの仕事にこうも絡みついてくるんだ。しかも、尋常じゃねえ妙に血腥(ちなまぐさ)い事件に限ってだ。性(さが)として血の臭いに引かれちまうとしか思えねえな」

「そりゃあ、旦那の勝手な思い込みってもんでしょうが。というか、旦那がそう思いたがっているだけでしょうよ」

「ふーん、伊佐治親分はそうお考えなんだ」

湯呑を両手で包み、伊佐治は主を見据えた。

「遠野屋さんが引かれてやってくるんじゃねえ。旦那が無理にでも巻き込もうとしているだけでやす。というか、巻き込みたくてうずうずしてんじゃねえですかい。帯の件だって遠野屋さんは、生地にちょいと引っ掛かったってだけじゃござんせんか。どういう具合で引っ掛かったのか、まだはっきりしやせんが、そのうち、遠野屋さんから報せてくれるでしょうよ。ただ、それだけのことでやす。今度の一件、どこをどう叩いてみても、遠野屋さんとの関わりは出てきやせんぜ。まさか、旦那だって遠野屋さんが女の帯を解いて、腹をぶすりとやったなんて思っちゃねえでしょう」

信次郎はゆっくりと盃を口に運んでいる。指で口元を拭い、伊佐治に笑いかける。

「なあ知ってるかい、親分」

「へ？　何をでやす」

「親分の癖だよ。心内の疚しさを隠そうとすると、妙に口舌になる。しゃべることで誤魔化しているわけかよ」

「は？　何のこってす。あっしは疚しい隠し立てなんて、一つもしてやせんよ。旦那を誤魔化すつもりもありやせんが」

「おれじゃねえ、自分を誤魔化してるのさ。親分だって疑ってるんだよ、遠野屋のことをな」

　信次郎が伊佐治の盃を拾い上げる。

「飲みな、注いでやるよ」

「いえ、あっしはもう……」

「いいから飲みな。飲みながら聞きなよ。なあ、親分、親分は疚しいのさ。遠野屋を信じ切れない己が疚しくてたまらない。前にも言ったよな、あやつは、死を引き寄せるのだと。善悪じゃねえ、好き嫌いでもねえ。ただ、そこにいるだけで尋常じゃねえ死を呼んじまう。そういうやつなんだ。まあ言っちまえば、生まれながらの死神なんだろうよ。親分だって、それを感じてる。死神の気配にゃ並みの者よりよほど敏(さと)いものな」

　言いがかりだ。

旦那はあっしにも遠野屋さんにも、埒(らち)もねえ言いがかりをつけているだけじゃねえですかい。

　睨みつけ、そう決めつけてやりたいのに、伊佐治は何も言い返せなかった。沈黙の間が嫌で、盃を呷る。喉を流れる酒は苦かった。

「まっ、いいやな」

信次郎が伊佐治の膝を軽く叩いた。

「遠野屋の正体が死神であっても人であっても、かまやしねえよ。おれにとっても親分にとっても重宝な男。いろいろと楽しませてくれる。そういうことにしておこうぜ。ふふ、さて、あの帯と遠野屋がどう繋がるのか、ほら、ここでも楽しみが一つ、できたじゃねえか」

信次郎の舌先が下唇を舐めた。行灯の明かりの中に、ぬめりと赤く映える。

舌なめずりしてやがる。

伊佐治は丹田に力を込め、居住まいを正した。そうしないと、獲物になりそうだったのだ。赤い舌に搦めとられ、丸呑みされそうだ。

「あら、いらっしゃい。まあ、親方、お久しぶりです。よくも忘れずにいてくださいましたこと。もしかして、鰺の匂いに釣られましたか。ほほ、すぐにご用意いたしますよ」

おふじの客あしらいの声が耳に滑り込んできた。その屈託のない明るさに縋りたいような心持ちになってしまう。同時に、信次郎の一言を肯う気持ちも頭をもたげた。

遠野屋さんとあの帯、どう繋がるんだ。

繋がった先に何が見えてくるのか。

己もまた舌なめずりをしているようで、伊佐治は慌てて唾を飲み下した。さっきの酒よりさらに苦いと感じた。

遠くから微かに門付け歌が聞こえてくる。

遠野屋清之介は指先をそっと合わせ、こすってみた。

どこでだっただろう。

考える。記憶の糸を手繰り寄せようとするのだが、いくら手繰っても糸の先が見えない。暗い淵に沈んだままだ。ただ、指先だけが覚えている。よく似たものをどこかで触ったのだ。どこでだったろう。生国か。父の屋敷内でか。いや、違う……気がする。そんな昔ではない。では江戸か？　この遠野屋で……。

清之介はふっと身体を緩めた。

駄目だ。出てこない。

もしかしたら、この指が違えているのかもしれない。

指先を障子越しの光にさらしてみる。

そんなわけはないな。

指先は覚えている。ここに触れたほとんど全てを、人の肉を刃で裂く刹那も、骨を断った手応えも、おりんの肌の湿り気も、まだ熟しきっていない乳房の張りも、螺鈿の微かなおうとつも、紅の滑らかさも忘れてはいない。そして、違えたりはしない。相手が絶命したかどうか瞬時に計れた指先は、品の真贋を見極め、その価値を決めるための道具ともなった。

商人として品定めを過つことは何度かあったが、それでも、一度触れた品物の具合を忘れたりはしていないはずだ。

品物？　遠野屋の品物として触れたのでなければ……。

「旦那さま」

障子が五寸ばかり開いて、おみつの丸顔が覗いた。

「少し、よろしいでしょうか」

「ああ、構わない。そういえば、おこまはどうしている？　昨日、熱があったようだが」

「はい。今、大女将さんと一緒ですよ。すっかり元気になって、これから、鶴七さんのところに遊びに行くそうです。ほら、あそこのお竹ちゃん、同い年でしょう。今一番の仲良しなんですよ」

鶴七は、先代から付き合いのある駕籠屋だった。おこまと同い年の女の子がいるとは聞いていた。

「そうか、一番の仲良しか」

「ええ、おこまちゃんも、もう四つですからね。お友達が嬉しい年ごろになりましたよ。鶴七さんのところには、お姉ちゃんもいますからね。いろいろと遊んでくれて、おこまちゃん、それが楽しくてたまらないみたいです。あたしや大女将さんの顔を見れば『お竹ちゃんのところに行く』っておねだりするんです」

「うむ。子どもが育つのは早いな」

遠野屋にやってきたとき、おこまはまだ乳呑児だった。寝返りはしていたが、這うことはできなかった。それが、立ち上がり、歩き、言葉を発し、抱き上げてくれと手を伸ばせるようになった。一歩、一歩、確かに健やかに育ってくれている。

いつか、血の繋がらぬ仲であることを告げねばならない日がくるだろう。実の母は亡く、父が誰かははっきりとしない。それが真実だ。しかし、おこまのおかげで光を見た。生きようとする小さな命に自分の行く末を照らし出してもらった。

おまえのおかげで救われた。

おこま、おとっつぁんはな、おまえに救われたんだ。

そうも告げよう。

おりんという輝きとおこまの光。それが全ての闇をはらってくれるとは思わない。光を吸い込む闇もあるのだ。ただ、おりんに出逢わなければ、おこまが現れてくれなければ、光の輝きを知らぬままだった。夜に潜み、月だけを仰ぐ者だった。今は陽光の眩しさを知っている。その温もりも明るさも知っている。とすれば、自分は何と恵まれた者だろうか。

清之介は深く、息を吸う。

「ほんとにねえ。それだけ、こちらが年を取ってるってことでもあるんですよねえ」

おみつが切なげな声で言った。

「おみつは若いだろう。年より、よほど若く見えるのじゃないか」

「あら、旦那さまったら。嫌ですよ、おからかいになっちゃ」

「別にからかったわけじゃないが」

おみつはよく肥えて豊頬な分、皺が目立たず若々しい。佳人とは言えないが愛嬌があるのは確かだ。喜之助はずっとおみつを想っていたと、おしのは言ったが、まんざら、的外れでも早とちりでもない気がする。

「旦那さまにそこまで言われると、嬉しくなっちゃいますね。ほほほ。何でしたら、今夜あたり寝所に忍び込もうかしら」

「おみつ、あまり生々しい冗談はやめておけ。第一、おまえは枕に頭を付けたとたん寝入ってしまうんだろう。それじゃ、忍び込むのも夜這いもできやしないよ」

「あら、旦那さまこそ、露骨ですよ」

おみつと顔を見合わせ、ほとんど同時に笑い出した。男とか女ではなく、主人と奉公人でもなく、気の置けない仲間同士の気分だ。

そういえば、この女にもずい分と助けてもらった。

しみじみと思う。

「で、わたしに何か用があったのだろう」

「あっ、そうでした、そうでした。寝所に忍び込むなんて言ってるばあいじゃなかったんですよ。これこれ」

おみつは、廊下に置いてあった木箱を座敷に持ち込んだ。

「旦那さまに言われて、喜之助さんの荷物を片付けました。けっこう、ありましたね。人間、あれくらいまで生きると、あれこれため込むもんです」

おみつの口調がすっと冷えていく。喜之助は、とことん嫌われていたらしい。

「大女将さんと相談して、捨てる物は捨てました。最期に着ていた下着とか、そんな物です。配れる物、誰かに譲れる物も全てそのように取り計らいましたよ」

「ああ、ご苦労だったな。喜之助はずっと遠野屋に尽くしてきてくれた。片付けまでちゃんとしてやれて、正直ほっとしている。ありがたかったよ、おみつ」

おみつがくいと顎を上げた。

「喜之助さんがどんな尽くし方をしたか、あたしはちょいと首を傾げますがね。旦那さまの代になってから、どちらかというと足を引っ張る方に回ったんじゃないですか。あれは、嫉みですよ。旦那さまが商人として大きくなっていくのが気に食わなかったんです。亡くなった人を悪く言うのも何ですが、肝っ玉の小さい人でしたよ。死の間際まで、憎まれ口をきいて……」

「おみつ。止めなさい。喜之助はもう仏になっているんだぞ」

「あ……はい。申し訳ありません。ただ、これ」

おみつが木箱を押し出す。

「片付けていて、どうしたらいいのか思案できなかったものです。ごらんになってください」

「うん？」

木箱を覗き込む。

雑多な物が投げ入れられたように、ばらばらに詰め込まれていた。

「うん、これは」

紙に包んだ幾本かの簪が出て来た。底には櫛がある。白粉も紅も、懐紙も、匂い袋もあった。

どれも小間物だ。

覚えがある。

遠野屋で商ったものだった。

廉売を始める前に試しとして、年に何回か商品の安売り市を催したことがある。売り物はやはり、若手職人の作品が中心だった。

「とんでもない。あなたは遠野屋の品位を落とすつもりですか。そんな、安売り市など前代未聞、聞いたことも見たこともありません」

喜之助は強硬に反対した。「邪道だ」「あなたは商売のいろはがまったくわかっていない」とまで決めつけた。

おしのが何とか説得してくれたが、安売り市の日も廉売の日も、喜之助は店には一切顔を出さず、いつの間にか、それが習いとなっていた。それなのに……。

「これ、喜之助さん、盗んだ物でしょうか」

おみつが声を潜める。

「いや、品が盗まれたり無くなったりしたら、すぐにわかる。全てわたしが帳面に付けていたからね。売れた品の数と売り上げがずれたことは一度もなかった」

「ということは、喜之助さん、これを……」

「ああ、自分の金で買っていたんだ」

「何のためにです。簪も櫛も女の物ですよ。喜之助さんが要るわけが……。ええっ、も、もしかして。えええっ、えーっ」

おみつが後ろに尻をつく。

「おみつ、声が大きい。昼間から、そんな素っ頓狂（すっとんきょう）な声をあげるな。それこそ、わたしが何かしたと疑われるじゃないか」

「旦那さまなら疑われても、あたしはかまいませんけどね。いえ、そんなことより、喜之助さんに女がいたんですか。簪や櫛を渡すような相手が。えええっ、信じられない」

清之介は箱の中身を畳の上に並べてみた。

塗（ぬり）の簪が三本、玻璃（はり）の物が一本。

螺鈿の櫛が一つ。手鏡、匂い袋、白粉、紅、懐紙、懐紙入れ。

半襟もある。紅葉模様が刺されていた。

おみつに渡すつもりだったのか。渡したいと望んだだけで、結局渡しそびれた品だろうか。

だとすれば、喜之助があまりに哀れに思えた。

「うん？」

懐紙の中に小さく折り畳んだ紙が挟まれていた。懐紙とは明らかに手触りが違う。

「あら、何です」

おみつが身を乗り出した。

第四章　雲海

折り畳まれた紙を広げていく。

おみつが覗き込もうと、さらに前屈みになる。

豊かな乳房が清之介の腕を押した。

「おみつ、近すぎる」

「だって、気になりますもの。旦那さま、何て書いてあるんですか」

「だから、そんなに伸し掛かってくるなと言ってるんだ。中身を確かめる前に、おまえに潰されてしまう」

「旦那さま。ちょっとそれは言い過ぎじゃありません。あたしはそこまで重かありませんよ」

「いや、わたしを潰すのに十分な重さはある。それに、おまえは一応女だし、わたしは一応男だ。女が男にあからさまに身体を押し付けてくるもんじゃないだろう」

「一応でなくても、あたしは正真正銘の女ですよ。生まれたときから、ずっと女です」

おみつがぷっと頬(ほお)を膨(ふく)らませた。

「わかった、わかった。わかったから、少し離れてくれ」

おみつが膨れっ面(つら)のまま、身体を起こす。

清之介は気息(きそく)を整えた。

おみつとのやりとりのおかげで、気分がいくらか軽くなったようだ。つまり、少し気が張っていたというわけだ。

気が張る？　何の変哲もない紙を開くのに、気持ちが力んでいるわけか？　なぜ？

清之介は己の胸のざわめきに、やっと気づいた。

「旦那さま」

おみつが促すように、囁く。首を伸ばし清之介の手元を見詰めてくる。

紙の端が揺れた。おそらく、おみつの鼻息のせいだろう。清之介はその端を指で摘み、丁寧に広げた。

「あらまっ」

おみつが、さっきよりずっと頓狂な声を上げる。

「何ですか。これは」

「うむ……。どうやら、女の名のようだな」

「ですよね。でも、これって……」

紙には、女の名と思（おぼ）しきものが書き付けられていた。

つな　平打簪（かんざし）一本　紅板（べにいた）
はな　櫛（くし）一枚　懐紙（かいし）
きく　同じく　堆朱簪（ついしゅ）
やえ　同じく　匂い袋二つ
まつ　堆朱簪　懐紙
みよ　同じく　白粉（おしろい）

「まあまあまあ、まあ、びっくりだ」

心底から驚いている。その証のように、おみつの口は丸く開いていた。その口を何とか閉じ、唾を呑み込んだ後、おみつは大きく息を吐き出した。

「つな、はな、きく、やえ、まつ、みよ。みんなで六人。喜之助さん、六人も女がいたんですかね」

「そうとは言い切れないだろう」

「どうしてです？　だって、ほら、紙に書いてある簪や櫛と、箱の中の物と数がぴたりと合うじゃないですか。懐紙も紅も、です。喜之助さんは、この女たちに贈るために揃（そろ）

えたんですよ」

「しかし、どれ一つとして渡していない」

清之介は柘植（つげ）の櫛を手に取り光にかざしてみた。

覚えがある。

初めての安売り市で手掛けた品だ。三日月形の質素なものだった。文様は一つも施されていない。しかし、形は見事だった。一毛（いちもう）の歪みもない。歯はきっちりと並び、梳（す）くにしても、挿（さ）すにしてもしっかりと髪を捉（とら）える。

「沖一（おきいち）さんの手だ」

「沖一さんって、うちのお抱えの、あの沖一さんですか」

「うむ。そう……沖一さんが独り立ちする前の作だよ。まだ銘も入れられないころの物だ。そうか……喜之助が買ってくれたのか」

華やかさの欠片（かけら）もない櫛だ。はたして、これが客の眼に留まるだろうかと微（かす）かな懸念を抱きながら棚に並べた。職人の腕に惚れ込んでしまったのだ。売れたと知ったとき、さわさわと心の内が震えた。よかったと息が吐（つ）けた。地味な櫛の地味だからこその美しさを解してくれた客に、手を合わせたい心持ちになった。

あの情動を忘れていない。

おりんがまだ、生きていたころだ。

「おりん、沖一さんの櫛、早々に売れたようだ」

逸るまま、急いた口調で告げた。

「まあ、よかった。清さんの眼に狂いはなかったってことね。やはり、品の本質を見抜いてくれる方はいるんだわねえ」

淡い光を浴びて、おりんは笑んだ。いや、笑んだから光に照らされたと感じたのかもしれない。

平打簪も堆朱簪も覚えている。

堆朱の一つは、去年の廉売の折の品だ。

とすれば、ずい分と長い年月をかけて、喜之助はこれらを集めたことになる。集めながら、誰にも品を渡していないことになる。

書付を仔細に眺めれば、墨の濃淡や文字の崩し方に微妙な違いが見て取れる。やはり、一時ではなく長い年月の内に記されたのだろう。おそらく、品を購うたびに一人ずつ、一品ずつ、書き加えていったのではないか。

どういうことだ？

この女たちは誰だ？

せっかく購った品をなぜ仕舞い込んだままにした？

「どこの女たちなんでしょうねえ」

おみつが鼻を鳴らした。

「一膳飯屋か女郎屋か……そういった類……、いや、それはないですよねぇ」

肩を上下に動かす。

「あの番頭さんが、馴染みの女を作るわけがありませんからねえ。しかも六人も。どう考えてもあり得ないですよねぇ」

口調に微かな侮蔑が混ざっていた。

「おみつ、おまえは喜之助のことを些か見誤っていないか」

「見誤る？　あたしがですか」

「そうだ。喜之助はおまえが思っているほど鈍くもないし、愚かでもなかった」

「けど、女に好かれる柄じゃありませんよ」

「女からどう見えたかはわからないが、少なくとも、商人として品を見定める眼は確かだった」

「その櫛を買ったからとおっしゃるんですか」

「仕事ぶりをずっと見てきたからだ。商いについて、喜之助から教わったことはたくさんある」

「番頭さん……いえ、喜之助さんが旦那さまに商いを教えた？　ご冗談でしょ。旦那さまが遠野屋にお入りになったときは、さんざんごねて、足を引っ張って、無礼な振る舞いばっかりで。正直、旦那さまがよくお耐えになったと思いますよ。ほんと、嫌味な人でしたよねえ。あら、でも」

束の間、口を閉じ、おみつは鼻頭に皺を寄せた。

「あのお役人さまに比べたら、喜之助さんもかわいい方だったかもしれませんね。旦那さまは、あのお方に毒されておしまいになったんじゃありません？　それで、どんな者もみんな善人に見えちゃうんですよ。黒と比べりゃ鼠色だって白く見えますからね」

「おまえの毒舌も木暮さまに引けをとらないな」

苦笑いしてしまう。

口元を引き締め、もう一度書付に視線を落とす。

つな、はな、きく、やえ……。

息を呑み込んでいた。

脳裏に光が一閃する。

それに照らされて、喜之助が見える。

しゃがんでいた。

俯いた肩のあたりがほわりと明るい。

「あっ」

声を上げていた。

「えっえっ、どうなされました」

おみつが顎を引く。

「……帯だ」

「は、帯？　帯がどうかしましたか」

おみつの手が自分の帯を忙しく撫でた。

「喜之助だ。そうだ、喜之助だ」

「え？　だ、旦那さま、いったいどうなさったんです。今度は喜之助さんですか？　喜之助さんがどうしたんです」

「おみつ……」

清之介はおみつの丸い顔に視線を注いだ。

「あら、嫌ですよ。そんなに見詰められたら何だか恥ずかしくなります」

豊かな頬が桜色に染まる。そうすると、見場は急に十も十一も若がえった。

清之介は軽く目を伏せ、記憶の糸を懸命に手繰り寄せた。

あれは、いつのころだ？

昔だ。三年？　四年？　いや、もう少し前だ。

寒くはなかった。暑くもなかった。吹く風が温かくもやや涼しくも感じられる季節の、よく晴れた日だった。

喜之助は部屋の前の縁側に座っていた。

背中を丸め、膝の上の何かを一心に眺めていた。

清之介の足音に気づき、僅かに顔を上げる。

表情は窺えない。

光は背後から当たり、しゃがんだ男の顔はそこだけ沈み込んだかのように暗かった。闇を見透かす視力は具えていたはずなのに、確かめられなかったのだ。それとも、元から何も浮かんでいなかったのだろうか。

「何かご用ですか」

いかにも不機嫌な声音を出し、喜之助は眉を顰めた。亀のように首を伸ばす。とたん、面に光が当たり、表情が露わになった。

声音に相応しい不機嫌な顔つきだった。棘のある眼つきだった。石を持って野良猫を追い払う者が、よくこんな眼になる。清之介が遠野屋を継ぎ、商いを広げ、身代を肥やし、基を盤石にしつつあったこのころでさえ、喜之助は時折そんな眼差しを向けてきた。

「仕入れ帳で、ちょっと気になる箇所があってな。砂子屋さんとの取引の件なんだが」

「はあ……」

喜之助の眼から棘が消えた。

重そうに腰を上げる。手だけは別の生き物のように素早く動いて、膝の上の物を畳んだ。

「ん？　それは？」

「はっ？」

「いや、それは帯……だな」

当時、遠野屋はまだ小間物だけの商いで、帯とは縁がなかった。

「そうです。女物の帯ですよ」

不意に、喜之助がにやりと笑った。皺がくっきりとした影になり、眼の端が心持ち吊り上がる。

「旦那さまには、女帯などおわかりにはならんでしょう」

わざと見下すような物言いにはとっくに慣れて、腹立ちなどまるで感じない。むしろ、喜之助が女物の帯を手にしていることが不思議だった。まるでそぐわない。そのちぐはぐさが気になった。

「織のようだが……」

「さようです」

喜之助がひょいと腕を持ち上げる。くすんだ緑の帯を差し出す。帯そのものより、その所為に驚いた。何であれ、喜之助が素直に手の中の物を見せてくれた例は、それまで一度としてなかったのだ。

「触っても、いいのか」

「どうぞ」

触ってみて、首を傾げたくなった。妙にごつごつしている。目を凝らすと糸が縒(よ)れて小さな玉のようになっていた。それが等間隔に並んでいるから、そういう織り方なのだろう。

元禄(げんろく)のころの華やかで優美な意匠美(いしょうび)と異なり、今、江戸の小袖(こそで)は縞(しま)や小紋といった地味な文様が主だ。地味さを渋い粋(いき)にまで高めるための工夫がなされ、人々はまさに上方(かみがた)にはない〝江戸の粋〟を生み出していた。

小袖が地味な分、帯は幅広になり様々な生地、色、文様、そして結び方が考案された。黒繻子(くろじゅす)、天鵞絨(ビロード)、博多(はかた)、緞子(どんす)、綸子(りんず)、呉絽服連(ゴロフクレン)……。

生地だけでも多種にわたる。

そのころから既に、清之介の胸には、扱う品の垣根を越えた新たな商いの計図(けいと)が芽生えていた。だから、帯についても清之介なりに、少しは学んでいたし調べもしていた。

しかし、この織は……。

糸そのものには微かな光沢があり、光の当たり方で色合いが違って見える。他の色も凝った文様もない。素朴だがその分、柔らかな生気を感じ取れた。ただ、帯そのものはずい分と古いようだ。

「もういいでしょう」

喜之助が帯をひったくる。

憮然とした顔つきで、それを傍らの行李に仕舞った。

「珍しい織のようだが、いったいどこの産なんだ」

「知りませんよ」

にべもない返事だった。いつもの喜之助の口調だ。

「どこの産でも関わりありませんでしょう。遠野屋は小間物問屋であって、帯屋じゃないのですからね」

睨めつけるような視線を投げた後、喜之助は行李を抱え部屋に入っていった。

背中は丸まったままで、艶のない白い髪が数本、肩に落ちていた。明るい日差しが人の老いを容赦なく照らし出している。

そのとき初めて、喜之助という男に憐憫を感じた。


「おみつ」

「はい」

「喜之助の荷物はほぼ片付いたんだな」

「はい。そりゃあもう、きれいさっぱり片付けましたよ」

「その中に小さな行李がなかったか」

返事の代わりに、おみつがくしゃみを一つする。

「あ、申し訳ございません。鼻の奥が急にむずむずして……。はい、ございましたが」

「それをどうした？　まだ、置いてあるか」

「ありますよ。でも、ほんとに古いぼろぼろの行李でしたね。中身だって襤褸（ぼろ）布や履き古した草履、がらくたしか入ってなかったと思いますけど。あら、そう言えば、あの行李、屑（くず）買い屋さんに引き取ってもらう手筈（てはず）にしておくよう、おくみに言い付けたけど……わっ」

おみつが悲鳴を上げたほどの勢いで、清之介は立ち上がっていた。そのまま、喜之助の部屋まで走る。

部屋にはおくみがいた。

赤い襷（たすき）で袖を括り、露わになった腕で行李を抱えている。

「おくみ、その行李をかしてくれ」

「は？　あの、でも、これ屑買い屋さんに出すので、襤褸しか入っていませんけど」

「いいから」

ほとんどひったくるようにして、行李を受け取る。

軽かった。

蓋を開けると、微かに黴臭い。

手を突っ込み、中身を引きずり出す。

下穿き、肌着の類は黄ばんだり色褪せたりはしていたが、きちんと洗われ、繕われていた。これは、おみつの仕事だろう。屑買い屋に渡すとはいえ、汚れたり、破れたままにはしておかない。

おみつは、そういう気性の女だった。

「あの……旦那さま」

「まああ、旦那さまったら」

おくみが、そして後を追って来たおみつが戸惑いの声を上げる。

亡くなった使用人の行李を漁っている。それも、真剣な面持ちで。

二人の女の眼には、主人の姿は異様にも映っているだろう。

気にかけている余裕はなかった。

あの帯。喜之助が持っていたあの帯。あの帯のあの手触り。

確かめねばならない。

伊佐治から渡された焼け残りと何年も前に一度だけ、しかも僅かな間だけ手にした帯が、同じ織なのかどうか確かめねばならないのだ。十中八九、間違いない。しかし、信次郎は曖昧な一分、二分を許さないだろう。

許しを乞う気はさらさらないが、意地はある。「何でえ、遠野屋。えらく詰めが甘えじゃねえか」と、嘲笑いの口実をみすみす作ってなどやるものか。それに、もう一つ。

喜之助とは何者だったのか。

気難しく、横柄で、所帯を持たず、独り身で死んでいった男。新しい商いを認めようとせず、いや、認められず旧いやり方に固執したままだった番頭。この世に、ほとんど跡を残さず逝った老人。

それだけでは、なかったのか。

清之介の窺い知れない別の顔を、懐深く隠し持っていたのか。

思案すればするほど、迷う。迷いとともに、一言がよみがえる。

あんたは遠野屋に災いを運んできた。そうなると、おれにはわかっていたんだ。

死に際の言葉に喜之助は何を込めたのか。

行李の底が見えた。

ない。

「ないな」

呟いていた。おみつが、すぐに応じる。

「何がないんです」

「……帯だ。女物の織の帯を喜之助は持っていたはずなんだ」

「帯ですか」

おくみが首を傾げる。

「気が付きませんでしたねえ」

おみつも同じ仕草をした。

そんなはずがない、とは言い切れない。

己の死期を悟り、喜之助が始末したかもしれない。あるいは、誰かに譲ったかもしれないのだ。

「おみつ、喜之助の荷物はこれだけか」

「そうです。後は夜具ぐらいで、それは押し入れにしまってありますけど」

「夜具か」

「はい。何でしたら、押し入れから出して」

おみつが唐突に口をつぐむ。唇の端がひくりと動いた。

「そうだ。もしかしたら」

身体をぶるりと震わすと、おみつは押し入れの戸を開けた。夜具を出し、頭から中に入り込む。

「あ、やっぱりあった」

丸い尻を振り、後退りして出てきたおみつの手には風呂敷包みが握られていた。

「夜具を仕舞うとき、何かあったなって思ったんですよ。後で確かめるつもりだったけど、すっかり忘れてました」

薄い包みだ。

清之介の目の前で、おみつが結び目を解いた。

清之介は密やかに息を呑み込んだ。

あの帯だった。

くすんだ緑の女帯だ。

初めて目にしたのは光の下でだった。そのせいなのか、それなりに艶やかにも見えたが、今は、くすみはただのくすみでしかない。織のあちこちもほつれ、古さと傷みが目立つ。

下に読売の紙が重ねて敷いてあるのは、畳紙の代わりだろうか。それだけ、喜之助はこの古帯を大切にしていたわけか。

清之介はゆっくりと手を伸ばし、指先で触れてみた。

やはり同じだ。

同じ手触りだ。

我知らず、身体を力ませていた。

同じ手触り、同じ織。色も似通っている。この帯と焼け跡から見つかった焦げ端は、繋がっているのだ。

奥歯を嚙み締める。

繋がっているとはどういうことだ？

誰と誰が繋がっている？

喜之助が誰かと繋がっているのか？

この帯は誰のものだ？

清之介は身体の力を抜いた。

考えても詮無い。考えて、考えて、考え抜いて答えの出る事柄ではないのだ。もしくは、考える筋道が尋常であっては辿り着けない真相なのだろう。

おれにはできぬな。

尋常な思案の埒内からしか、物事を見られない。

木は木であり、花は花でしかない。

花が咲けば美しいと言い、木々の葉に季節の移ろいを感じはするが、それを人の罪科と結びつける落想は持てない。この世のほとんどの者が持てないはずだ。持ちたいと望む者は、そう多くないだろうが。少なくとも、清之介は尋常で凡庸な思案を我が身の内に見出して、安堵する。尋常も凡庸も、どこか温かく、ささやかに優しい。そういうものが己の中にあるのなら、言祝(ことほ)ぎたい。

「まあ、ここでも女物ですか」

おみつのよく響く声がぶつかってきた。

「今度は女の帯だなんて……次から次へと出てくること。喜之助さんたら、どういう料簡(りょうけん)だったんでしょうかねえ」

「うん、どういう料簡だったのか……。今更だが、わたしたちは喜之助のことを、ほとんど何も知らなかったようだな、おみつ」

「別に知りたいとも思いませんけど。でも、あたしたちが思っていたほど、喜之助さんは石部金吉(いしべきんきち)じゃなかった、それだけのことでございましょ。おくみ、夜具を仕舞っておくれ」

「あ、はい」

おくみが手際よく夜具を畳み直したとき、廊下で軽い足音がした。信三の顔が障子の陰から覗く。

「旦那さま、ここにおられたのですか」

信三は座敷内の三人を順ぐりに見やった。訝(いぶか)しさを宿した眼差しだった。

「おくみやおみつさんまで。いったい何事です」

「いや、喜之助の荷物のことでちょっとな。たいしたことじゃない」

おみつが口を開く前に、曖昧な返事をしておく。信三も心得たもので、それ以上踏み込んではこない。

「旦那さま、三郷屋さんがお出でになりました」

番頭の顔で用件だけを短く告げる。

「そうか」

帯問屋三郷屋の主人、吉治(きちじ)が訪ねてきた。もともと、履物問屋吹野(ふきの)屋謙蔵(けんぞう)ともども遠野屋に集まる手筈になっていたのだ。年が明けて間もなく、新しい年に相応(ふさわ)しい、新作ばかりの催しを考えていた。その相談のためにだ。

集まる時刻より一刻(いっとき)ばかり早くお越しいただけないかと、文を認めた。吉治は律儀(りちぎ)に応じてくれたのだ。

絶妙の頃合いだな。

清之介は、帯を手に立ち上がった。

これを見つけたことが吉となるのか、凶に転じるのか。

鬼眼(きがん)を持たぬ身には判じられない。

だからこそ、しっかりと人の眼を見開き見詰めたい。

鬼眼には何がどう映るのか、見定めたい。

廊下に出ると、空は、はや暮れ方の暗みに染まろうとしていた。

「ですから、手前どもは本当に何も知らなかったのです」

男は当惑を面に浮かべ、繰り返した。その当惑が芝居なのか、掛け値なしの本物なのか見極めなければならない。

「けどね、阿波屋さん、掘っ立て小屋じゃやねえ、かなりの造りの仕舞屋でやすよ。そりゃあ、このお店の身代からすりゃあ、どうってこたぁない家でしょうがね。それでも持ち家を一軒、まるで知らなかったってのは、こちらからすりゃあ些か腑に落ちねえんで」

いつもより早口で畳みかける。やんわりと、しかし、微かに凄みを利かせて。

男、米沢町の米問屋阿波屋の主作兵衛太は、しかし、当惑を貼りつけたまま、かぶりを振る。

「おっしゃることはごもっともなんですが……。どうにも申し上げようがなくて……」

図体はでかいが、声は細く、語尾が淡々と消えていく。

阿波屋は先代の阿波屋作兵衛太が一代で築き上げた店だ。作兵衛太は二年ほど前に隠居して、店と名前を息子に譲った後、俗世間の煩い事から離れ、のんびりと暮らしていた。亡くなったのは一月ちょっと前。隠居部屋になっていた離れの厠で倒れているのを女中が見つけたのだ。そのときは呼べば微かに目を見開きもしたし、受け答えも辛うじてできた。しかし、回復は叶わず、二日の後に息を引き取った。

火事で焼け落ちたという仕舞屋についてはまさに寝耳に水で、生前、先代からそんな家の話は一度たりとも聞いた覚えがない。

それが作兵衛太の語ったあらましだった。

「わたしだけでなく、女房も知らないと言うております。おふくろは早くに亡くなりましたが、親父は後添えを貰う気はとんとなかったようで。数年前に亡くなりましたが、血の繋がらない他人が入ると、何かと面倒事の因になると生前、よく申しておりました。女？　はあ、女ねえ、妾とか馴染みの女とかですか？　いや、それもなかったと思いますが」

そこで二代目作兵衛太は滲んでもいない額の汗を拭いた。

しゃべるのはあまり得意ではないようだ。不得意というより苦痛のようにも見受けられた。

商売人には向いてねえな。

滑々と調子よく舌を使わなくていい。しかし、商人となれば品の説明にしろ、取引のやりとりにしろ、言葉を巧みに操る技は要り様だろう。阿波屋の二代目がその質に恵まれているとは、どうにも感じられない。

しかし、そのわりには……。

活気がある。店の空気に勢いがあるのだ。商いが上手く回っている証だ。

この主人にして、この活気か？

おそらく、先代が育てた手練れの番頭でもいるのだろう。

伊佐治はちらりと上座に腰を下ろしている信次郎を見やった。阿波屋の奥まった一間だ。おとなうと、すぐにここに通された。四半刻ほど前のことだ。

今朝、不意に命じられた。

「親分、出かけるぜ。ついてきな」

唐突な命令には慣れっこになっているから、身体は軽く動く。ただ、これも習いとして一応確かめる。

「どこに行きなさるんで」

「ちょっとした商売屋さ」

信次郎の返事に、てっきり行き先は森下町の小間物問屋だとばかり思ったが、違った。信次郎は両国橋を渡り、広小路を抜け、米沢町に入った。それでやっと、仕舞屋の持ち主阿波屋に行くのだと合点できた。

「旦那、阿波屋を調べるんで」

「まあな。今のところ、手掛かりっちゃあそこしかねえだろう。どんな細っこい糸口でも手繰ってみれば、存外太い縄になるかもしれねえしな」

よく意味がわからない。

細い糸の先が存外太い縄になると、旦那は見当をつけているわけか。だとしたら、その見当はどこから来てるんだ？

伊佐治には皆目、謎のままだ。かといって、尋ねても答えが返ってくるはずもないとはわかっている。阿波屋には一度、伊佐治一人で訪れた。仕舞屋のことを伝えたときの作兵衛太の驚愕は、本物だったと言い切れる。

この男は本当に何も知らなかったのだと。しかし、信次郎の嗅覚はまた別の物を嗅ぎ当てたのかもしれない。それなら、真っ新な気持ちでもう一度、当たってみなければならない。

ただ、この界隈は伊蔵という若い岡っ引の縄張だった。一応、筋は通してあるが、本所深川のように好きに嗅ぎ回るわけにはいかない。そのあたりの窮屈さも小さな焦りになっていた。

「失礼ですけど、阿波屋さん」

伊佐治は膝を前に進める。

「先代は、商いからきれいさっぱり手を引いておられたんで」

「は？　ああ、そうでございますよ。阿波屋は全ておまえに任せると言われました。まあ、それが本音かどうか、親父の本意であったかどうかはわかりませんが……」

「と、言いやすと？」

「はあ……」

作兵衛太は唇をもごもごと動かして、俯いた。

伊佐治はもう一度、信次郎を窺う。

だらしなく姿勢を崩したまま、やや目を伏せていた。

この線でいいわけだ。

何をどう突っ込むか。伊佐治は勘のままに進む。それが外れていれば、信次郎はときに嗤いながら、ときに苛立ちながら、ときに妙に静かなまま口を挟み、外れた車輪を本道に戻すのだ。

無言は、そのまま進んでいい印だった。

「本当に失礼を承知で言わせて頂きやす。阿波屋さんは、二代目を継ぐのをそんなに喜んではいなかったんじゃねえですか」

「いや、それは……」

「ちらっと小耳に挟んだだけですが、一時は絵師の道を目指されたこともあるとか」

これは伊蔵から直に聞いた。まだ手札を貰って数年という伊蔵は、伊佐治を「尾上町の大親分」と呼び、丁寧に接してくれたのだ。

「阿波屋の二代目は人はいいんだが、商人としてはからっきしな男でやしてねえ。あの店はお内儀で持ってるって、もっぱらの評判でやすよ。何でも二代目は一時、商売を嫌ってさる絵師の許に弟子入りしたこともあったんだそうで。まあ、そっちがあまりものにはならなかったから、帰って来たんでしょうがね」

伊蔵は、きびきびした口調で作兵衛太について伝えた後、「けど、商家なんてのは女房で持ってるとこが大半でさあ」と笑ったのだ。

「……よくご存じで」

作兵衛太の頬が赤らむ。

「自分で言うのも何ですが、わたしは商売より絵を描いている方がずっと性に合ってて……。昔から、飽きずに絵ばかりを描いておりました。おふくろの似顔絵なんか描いて喜ばれたもんです」

「なるほど。けど、商家の跡取りに生まれたら商人になるしかねえですよね」

「はあ……。わたしにもう少し才があれば、絵師として無理にでも独り立ちしたでしょうが。そこまではいかず……」

「これだけの大店の跡取りが絵師に？　いやあ、才の有る無しじゃなくて、そりゃあ先代が許さなかったでしょうよ。この店、先代が苦労してここまで身代を肥やしたんでやしょ」

「はい。もともとはおふくろの父親がやっていた雑煮売りの店だったんで。それを親父がここまでにしました。ですから、商人としてはたいした人だったと思います。寛容でもありましてね。わたしの好きにさせてくれてもいました」

作兵衛太の口振りは、実直そのものだった。仄かな誇らしささえ感じ取れる。父親との間に著しい軋みはなかったらしい。

「そうですかい。じゃあ、二代目がどうしてもと言い張れば、絵師の道も否みはしなかったってこってすね」

「言い張れるほどの才があったのなら、多分、止めなかったでしょう。でも、どうも、わたしは何もかも中途半端で。親父やおふくろには申し訳ない気がしております」

作兵衛太が笑った。自分にどんな自信も持てない気弱な男の、苦い笑みだった。

「どこの絵師だ」

信次郎が身じろぎもしないまま、問う。

「へ？」

「どこの絵師に弟子入りしたと尋ねたんだよ」

「あ、は、はあ。あの、出雲東伯先生です」

「出雲東伯？　親分、知ってるかい？」

「いや、あっしはそっちの方はさっぱりで」

「美人画で高名な先生でございますよ。あ、もしなんでしたら、お見せしましょうか」

伊佐治が返事をする前に、信次郎が答えた。

「そりゃあ、ぜひ頼む。こんな仕事をしていると、どうしても不粋になりがちでな。たまには、眼の保養もしてえからよ」

「はい。ちょっと。お待ちください」

作兵衛太が出て行く。どんな相手でも、絵の話ができるのは楽しいのか、いそいそとした足取りだった。入れ違いに、女が一人、入ってくる。後ろには盆を手に小女が控えていた。

大柄だけれど、きりりと引き締まった美顔の年増だった。女の艶と男の凛々しさを併せ持っている美貌だ。

「阿波屋の内儀、芳にございます。お見知りおきください」

「ほう、これはこれはお内儀。聞きしに勝る美女振りだな」

信次郎が目を細めた。

お芳は微笑み、小女に軽く首を振った。

小女は信次郎と伊佐治の前に、茶と茶請けを並べた。茶請けは、いかにも上等な下り物の落雁だ。

「この度はお役人さま、親分さんにご面倒をおかけしております。まことに申し訳ございません」

「いや、別に。これも仕事のうちさ。それより、今度は茶じゃなくて、酒を酌み交わしたいものだな、お内儀」

「そうでございますね。いずれ機会がございましたなら」

「飲める口なんだろう」

「付き合い程度でございますよ。ええ、嗜むぐらいで、ほほ」

お芳は口元を覆って、笑う。その声音からも指先からも仕草からも、色香が零れて落ちた。

こりゃあ、並みの男ならひとたまりもないかもな。

香ばしい茶を口に含み、伊佐治は肩を竦める。信次郎の機嫌が、あからさまなほど良くなる。目元も口元も、緩んでいた。

もう一度、肩を竦める。

どういう芝居だ。こりゃあ……。

信次郎が女の色香に迷うわけがない。信次郎を迷わすのも、酔わすのも女ではない。謎を孕んだ死体か、底の知れない男か、だ。

「お内儀さん、不躾にお聞きしやすがね」

「はい。何でございましょう」

「こちらのお店、お内儀さんが切り盛りしてるってのは本当でやすかね」

あらと、お芳が瞬きする。

「店の主人はあくまで作兵衛太でございますよ。わたしは、女房としてできる限り支えているだけでございます」

毒にも薬にもならない返答だ。

嗤いたくなる。が、嗤って、お終いにはできない。さらに突っ込もうとしたとき、作兵衛太が戻ってきた。脇に桐箱を抱えている。

「お芳。ご挨拶に出向いたのかい。番頭が捜していたよ。帳簿が合わないらしい。早くお行き」

「あ、はい。では失礼いたします」

夫婦の短いやりとりを聞いただけで、店の本当の主人が誰か明白だ。作兵衛太は存命なうちは父親に、父親が亡くなれば有能な女房に庇護されて生きている。

そういう生き方もあるのか。

侮蔑も嫉みもわいてこない。人の生き方はまさに千差万別なのだと、興をそそられるだけだ。

「なんだ、行っちまったか。急に茶が不味くなったな」

信次郎はまだ芝居を続けている。作兵衛太は気にする風もなく、桐箱の蓋を取った。楽し気だ。

「どうぞ、ご覧ください。これが東伯先生の美人画です」

三枚の絵が並べられた。

柳の枝を持つ美女。

胸元を露わにして団扇(うちわ)で風を送る佳人。

板塀を背にした若い女。

三枚とも人の腰から上を描いた大首絵(おおくびえ)だ。

「うん?」

信次郎が芝居の衣を脱ぎ捨てる。声に力がこもった。

「親分」

「へい」

伊佐治も唾を呑み込み、前屈みになる。

「こりゃあ、あの帯でやしょうか」

若い女は鶯(うぐいす)色の帯を締めていた。

第五章　流れ雲

女たちはみな、美しかった。

美しい女たちだから、絵の材ともなったのだろう。ただ、鴬色の帯の女は、他の二枚のように人目を惹く華やかさも艶もない。どちらかと言えば垢(あか)ぬけない容姿ながら、それが野暮(やぼ)ったくならず、可憐(かれん)な風情(ふぜい)に結びついている。

伊佐治の眼にはそう映った。

「この絵の女たちをみんな、阿波屋さんはご存じなんで？」

〝みんな〟のところに、つい、力が入ってしまった。

「いや、三人ともいい女じゃございませんすが、三人三様、美人の質ってんですか、そういうものが違うなと感じちまって」

愛想笑いを浮かべ、大店の主人を見やる。

作兵衛太のような甘く柔(やわ)に育った者は一息に要点に踏み込めば、たいてい、口を閉ざしてしまう。意図してではなく、怯えで縮み上がり何もしゃべれなくなる。だから、やんわりと遠回しに探っていくのだ。そのための手立ても技も、身につけている。

「そうなんでございますよ。東伯先生は女人の美しさを捉える眼をお持ちでした。そこはやはり常人とは違うところなのですよ」

作兵衛太の口が綻び、楽し気な笑みを作った。お気に入りの玩具を褒められた童のようだ。

この男、大人になりきれてねえんだ。

伊佐治は作兵衛太の笑顔から目を逸らせた。なぜだか、まともに見ていられない気分になったのだ。しかし、すぐに視線を戻す。

相手がどういう人物、どういう性質であろうと聞き出すべきことは聞き出さなければならない。それが己の役目だ。

「三枚とも一目で気に入りまして、買い上げたものです」

伊佐治の思案など知らぬまま、作兵衛太は子どもじみた笑顔でしゃべり続ける。絵の話をするのが楽しくてたまらないのだ。

「その東伯先生でやすが、お元気なんで？」

「いえ……」

作兵衛太が目を伏せた。とたん、表情が翳る。今度は、理不尽に玩具を取り上げられた童を思わせた。

「それが、亡くなられたのですよ」

「亡くなった？　いつのことで」

「うちの親父が亡くなって間もなくでした。まだ、満中陰（まんちゅういん）の法要を済ませてなかったはずです。親父の葬儀のときにはお悔やみに来てくださっていたのに……。それから間無しでした」

「ご病気だったんですかい」

「はあ、心の臓が弱っているとは、聞いた覚えがありませんでした。ですから、あまりに突然のことで、ただただ驚いてしまいましたよ」

「て言いやすと、東伯先生は心の臓の発作で亡くなられた？」

「そのようです。通いのお弟子さんが倒れている先生を見つけたときは、もう身体は冷たく強張（こわば）っていたとか。あ、先生は独り身で、お内儀さんも子どもさんもいらっしゃらなかったんですよ」

「幾つぐれえの方なんで」

「年ですか。そうですねえ。確か四十五、六……、いや、もうちょっといってるのかな。どちらにしても五十手前のはずです。親父より十ほど若かったと思いますので。享年とすれば世間並みではあるのですが、こちらの気持ちとしては、やはり早過ぎると感じてしまいますねえ。まして、心の臓の発作でなんて。あまりに急で……。絵師としても、これからまだまだご活躍されたはずですのに。正直、残念でなりませんよ」

作兵衛太が長い息を吐いた。

「親父にしても先生にしても、あまりにあっけなく逝ってしまったので……、何と言いますか、このところ人の儚さをしみじみと感じたりしましてねえ」

「阿波屋さんにしてみれば、そういう気持ちにもなりやすでしょう。近しい方を立て続けに亡くされたんでやすからねえ」

口調をしんみりと湿らせる。芝居をしているつもりはなかった。父親と師匠。二人の男を作兵衛太はそれぞれに敬愛していたのだろう。語る言葉の端々に哀傷が感じられた。唐突に二つの死に直面し、若旦那気質の男は途方に暮れもし、悲しみ嘆きもし、人の生の儚さに唖然ともしたのだろう。その心内に思いを馳せれば、こちらの物言いも湿ってくるのだ。

ただ、伊佐治はちゃんと心得ていた。

人は儚いばかりではない。

太々しいし、逞しい。獰猛で狡猾でしぶとい。けして淡々と消えてしまうような虚しさばかりで、できているわけではない。人の世が儚いと嘆息するのは、人の獰猛さも狡猾さもしぶとさも、そして、深さも知らないからだ。清いものも濁ったものも、善も悪も、正も邪も、光も闇も、身の内にどろどろと溶かし込んでいる。底無しの沼のようなものだ。淀んだ暗い水を湛えているかと思えば、畔に愛らしい花を咲かせもする。

花だけしか見なければ足を滑らせて淀みに落ちるかもしれないし、暗い水面ばかりに気を取られていると花の美しさに目がいかない。

横目で信次郎を窺う。

さして気乗りがしない。そんな顔つきだ。

地上の花ではなく地下の根を見ようとする男には、作兵衛太はただの退屈な物知らずでしかないのだろう。

いや、違うな。

伊佐治は胸の中でかぶりを振る。

違う。旦那がこんな顔をするときは、本当にどうでもいいときか、何かに気持ちを引っ張られたときだ。

さて、どっちだ。

「で、話を戻しやすがね、阿波屋さん」

「はい」

「この三枚の絵に描かれた女たち、阿波屋さんはご存じなんで」

「はい、名前だけですが二人は存じております。先生から直に教えて頂きましたので」

「二人と、言いやすと」

作兵衛太は前屈みになり、柳の枝の女を描いた一枚を指差した。

「これは、通油町の八百屋の娘でおとし、こちらは」

作兵衛太の指がすっと横に動いた。団扇で胸元を扇ぐ女の鼻のあたりで止まる。

「確か、お染という水茶屋の茶汲み女です。えっと……、佐賀町の〈もと屋〉という店ではなかったかな。何となく玄人の色香がある女ですよねえ。こういう色艶は素人には出せない」

「まったくでやす。おとしにお染、でやすね。で、もう一人、この娘の名ぁは知らないんで？」

「はい、存じておりません」

「名前は知らなくても、どこの女かはご存じなんでやしょうね。こうして、大首絵まで持っていなさるんだ」

できるだけ情のこもらない、平坦な口調で尋ねる。

まじまじと見れば見るほど、若い女の締めた帯と焼け跡から拾った帯が重なっていく。

いけねえ、いけねえ。

こういうとき、逸って決めつけてしまうことが後々どれほどの弊害になるか。これも知り過ぎるほど知っている。逸って、誤って、痛い目に何度も遭ってきた。その痛みの一つ一つが伊佐治を慎重に、用心深くさせる。

いけねえ、いけねえ。

逸っちゃいけねえ。焦りは禁物だぜ。

ゆっくりと手繰り寄せるのだ。今手にしているのは、蜘蛛の糸にも及ばない細い手掛かりに過ぎない。

「知りません」

あっさりと、作兵衛太は糸を断ち切った。

「何にも知らねえってわけでやすか」

僅かだが語尾が掠(かす)れてしまった。微かながら感じた手応えが搔き消えてしまう。何かが指の間から零れ落ちたとも感じた。

「はあ……。申し訳ないですが、この女がどこの誰なのか、さっぱりわからないんですよ。先生は下絵の裏とか帳面に、必ず絵の材になった女や場所を書き付けるのです。ときには、だいたいの背丈や着る物、食べる物の好みまで詳しく記したりもしてました。わたしは、絵を諦めてこの店を継いでからもちょくちょく、先生の所には顔を覗けておりまして、そういう下絵や書付帳を見た覚えが、何度かございます」

「けど、この女については……」

「はい、何にもなかったようです。実は生前、先生に尋ねたことがありました。この絵の女人はどなたですかってね」

「先生は何と？」

「何も答えられませんでした。いや、ちょっとした知り合いだとか、そんな風に……」

「誤魔化した？」

「いや、誤魔化したとまでは申しませんが、先生が言い難そうに見えたのは確かです」

「けど、変じゃねえですかい」

背を伸ばし、目を細め、作兵衛太を見る。

「美人絵なんてものは、描かれた女はどこぞの誰でとはっきりしてるもんじゃねえんですかい。しかも、これは大首絵ですぜ」

顔や上半身が大きく描かれることで、表情や仕草、さらには心内の機微まで伝わってくる。それだけに、絵師が女のちょっとした情動まで捉え描き込まなければ意味がない。描き出すのは絵師の腕だが、相手の何も知らないで心の内は感じ取れまい。素性はともかく名前ぐらいは、それが源氏名であろうと偽名であろうと摑んでいるのが当たり前……ではないのか。

絵の中の女に視線を落とす。

どことなく不安げな眼つきだ。心の内に重い思案を抱えている。そんな風情があった。ただ、その思案、不安が翳りとなり、女の若さをより際立たせているように思える。もっと言えば、平凡ではないがとびぬけて美しいわけでもない女の容姿に、照り映える若さと翳りが同居している。その具合が、無垢（むく）な娘と臈（ろう）たけた女とのあわいを感じさせた。娘でもなく男と対（つい）になれる女でもない。東伯という絵師は、そのあわいに惹かれたのではと、伊佐治は思う。

遠野屋さんなら。

ふっと、遠野屋の姿が浮かんだ。

あの人なら、この絵を、この女を何と見るだろうか。女の眼差しから滲（にじ）む憂（うれ）いをどう捉えるのか。

なぜ、遠野屋さんのことを？

自分の心の動きに戸惑う。

ちりっ。

頬に小さな、けれど突き刺さる痛みがあった。火のついた線香の先を押し当てられたようだ。

とっさに頬を押さえ、あたりを見回す。

信次郎の視線が絡んできた。

伊佐治は頬から手を離し、軽い吐息を一つ漏らす。

まったく、眼つきだけで他人を痛められるなんぞ、うちの旦那にしかできねえ芸当だ。

胸の内で舌打ちする。遠野屋ではないが、どんな育ち方をしてきたんだと問いたくなる。どんな育ち方、どんな日々を生きてきたら、刃に似た、火先に似た眼差しを身に付けてしまうのだ。

睨み返してやるつもりで、真正面から信次郎に顔を向けた。

ほんの刹那だが、背筋に悪寒が走った。

何で笑ってんだ。

信次郎は仄かに笑んでいたのだ。紛いでなく、ほんとうに楽し気な笑みだった。それはあまりに仄かだったし、束の間で消えたから、大抵の者は気付かぬままだろう。けれど、伊佐治は見過ごさなかった。長い年月付き合ってきたからなのか、信次郎の〝笑み〟に対し、異様に敏くなっているからなのか、眼が捉えてしまう。捉えて、時折、悪寒を覚える。見てはいけないほど醜悪なものを見てしまった。そんな気になるのだ。

何で笑ったんだ。

さっきの薄笑いの意味を解きあぐねる。

伊佐治は軽く唇を噛んだ。つい、眉間に皺を寄せていた。

その面構えをどうとったのか、作兵衛太が肩を竦めた。

「……申し訳ありませんが、わたしは何もわからなくて……、本当に、どうかご寛恕ください」

作兵衛太の眉も八の字になる。今にも泣き出しそうな顔つきだ。そのまま手をつき、頭を下げる。

「あ、いや……、阿波屋さんに謝ってもらう筋じゃねえんで。どうか、お顔を上げてくだせえ。ただ……、どうして東伯先生は、この女の名前だけを書かなかったんでやしょうねえ」

「さあ、どうしてなのか」

作兵衛太は首を傾げ、そのまま黙り込んだ。答えようがなかったのだろう。

伊佐治は思案を絵の女とそれを描いた絵師へと向け直す。

名前がない。

なぜ書き込まなかった？　いつもの習慣を反古にした？

書き込みを忘れたのか。書き込むことが憚られたのか。名前を知らなかったのか。

まったく別の訳があったのか。

どれにしても、糸は切れた。手繰り寄せるべき何もない。

「女房はどうなんだ」

不意に、信次郎の声が響いた。響くというほどの大声ではない。ごく普通の話声より、やや低いかもしれない。それなのに、響く。低く響いて、巻き付いてくる。巻き付いて、締め上げてくる。

作兵衛太の眸に怯えが走った。

自分も同じ眼つきになっているのではないか。

伊佐治は瞼を揉むふりをして、束の間目を閉じる。

信次郎の顎が心なし、持ち上がった。

「おまえさんの女房はどうなんだと尋ねてんだよ」

「ど、どうって申されますと？」

「あれほどの別嬪じゃねえか。東伯とかいう絵師はよ、絵に描きたいって言わなかったのか」

「お芳をですか？　はあ、それはありませんでしたが」

「どうしてだ。正直、この女たちに比べてもちっとも劣りゃしねえだろうが。いや、むしろ、その名無し女なんかより、ずっと垢抜けてんじゃねえか。それとも何かい、亭主とすりゃあ、女房の女振りなんてのは認めたくねえもんかい」

「そんなことはございません。まあ、確かに……、お芳は美人、佳人の内には入っておりましょう。ただ、美しいから絵心が動くとは限りません。そんな浅いものではないのです。この女たちの中に、先生の描きたいという想いを煽る何かがあったのではないでしょうか。それがお芳にはなかった。それだけのことでございましょう。美醜を感じる心は人それぞれ、人さまざま。己だけの心を研ぎ澄ませなければ絵師にはなれない。先生に言われたことがありました。深い言葉です。今でも、時折、しみじみと思い出したりいたしますよ」

「ふーん、おれの思案が浅はかだって謗ってるわけか」

「え？　ま、まさか、滅相もございません」

それまで、やけに滑らかに回っていた作兵衛太の舌が縺れる。

「お役人さまを謗るだなんて……、そんなつもりは毛頭ございませんで……。わ、わたしはただ絵心についての……」

「おまえさん、どうして、東伯に弟子入りしたんだ」

「は？　え、何と……」

作兵衛太の黒眸がうろつく。信次郎は相手の狼狽振りなど、目の端にも入っていない風だった。

「江戸には絵師なんてごまんといる。正直、東伯ってのはそれほど売れっ子ってわけじゃあるまい。おれも親分も名ぁ知らなかったぐれえだからよ。仕事柄、おれたちの耳も眼も鼻もな、世の中でそこそこ騒がれているものには敏いんだよ。艶本にしろ枕絵にしろ、取り締まらなきゃならねえお役なもんだからな。けど、東伯なんて絵師は、一度も引っ掛かってこなかったぜ。江戸の片隅で古臭い美人画を細々と描いて糊口をしのいでいた。それだけの絵師に過ぎなかったわけだろう」

「そんなことはございません。先生の美人画は通の間では、なかなかの評判でございました」

師匠を悪し様に言われ、さすがに腹立たしかったのか、作兵衛太の口調に険が混ざる。

「このごろ、世相と言いますか、工夫絵や狂画が流行り物としてもてはやされてはおりますが、本物を知る方々、通のみなさまには、やはり美人画は人気が高うございます」

「通の間ねえ。ふふ、まあいいやな。で、おまえさんが米屋商売に嫌気がさして、絵師になりたいと駄々をこねたのは幾つのときだ」

「そ、そんなことまで、なぜお尋ねになります」

「うるせえ！」

信次郎の一喝に、作兵衛太がのけぞった。文字通り、後ろに反り返り、尻餅をついたのだ。

「生意気に問い返しなんぞするんじゃねえよ。尋ねられたことだけにしゃんしゃん答えな。変に隠し立てすると、後で泣きを見ることになるぞ」

「いや、いや、そ、そんな隠し立てなどしておりません。た、ただ、ただ、お役人さまが矢継ぎ早にあれこれお尋ねになりますので、ちょっと、その……、わたしのお頭が付いていけなかっただけでございますよ。どうか、ご容赦くださいませ」

作兵衛太の頬から血の気が引いていく。本気で怯えているようだ。

問いかけを畳みかけ、じっくり思案する間を与えない。よほど場慣れしているか、度胸の据わった者でない限り、気持ちを揺すられ本音を剝き出しにしてしまう。隠す余裕を失うのだ。

作兵衛太のような男にはかなりの効き目がある。

「えっと……はい、わたしは十八の年に先生の弟子に加えていただきました。二年間、修業いたしましたが、絵師としての才には恵まれていなかったようで……」

「なるほど、見極めがついたってわけか。ちょいと遅過ぎる気もするがな。十八から二年、二十歳といやあ、ほぼ一人前になっていてもいい年だからよ。まあ、売れっ子の絵師より大店の主人の方が、まともな暮らしはできようぜ。これほどの身代の店とあの女房だ。好きな絵を好きなだけ買い求められる楽しみがあって、道楽として絵筆を持つこともできる。御（おん）の字の暮らしじゃねえか。まったく、羨（うらや）ましいこった。絵師になれなかったのは、天の恵みだったと考えるんだな」

「……はあ……、そのように言われますと、何とお答えすればいいのか、迷うところですが……」

伊佐治はちょっと笑いそうになった。

信次郎の嫌味をここまで生真面目（きまじめ）に受け止める者も、そうそういない。たいていはひどく腹を立てるか、受け流そうとやっきになるか、不快をもろに面（おもて）に出すかだ。作兵衛太という男は、そういう様子を毛ほども見せなかった。真正面から受けて、真正面から答えようとしている。

　えらく茫洋(ぼうよう)とした御仁だ。おもしれえじゃねえか。

　信次郎が軽く舌を鳴らした。

「別に迷わなくていいさ。それより、さっきのおれの問いに答えてもらおう」

「え、あ、ですから十八のときでして……」

「違(ちげ)えよ。師匠に東伯を選んだのはどうしてなんだって、やつだ」

「あ……、そ、そちらでございますか。それは、わたしが東伯先生の美人画がたいそう好きだったものですから。無理にも頼み込んで、住み込み弟子にしていただきました」

「へえ、阿波屋の先代は止めなかったのか。跡取り息子が絵師になるなんて突拍子(とっぴょうし)もないこと言い出したんだ。まあ、甘やかされて育った道楽息子が商いより他のものに血(ち)道(みち)を上げる。世間じゃあざらにある話よな。で、親父が息子を勘当(かんどう)しちまうってのもよくある。阿波屋ではそういう悶着(もんちゃく)は起こらなかったと？」

「先代との間ではとりたてて揉めませんでした。むしろ、おふくろの方が泣いたり、喚(わめ)いたり、大変な有様(ありさま)で。それを親父が宥(なだ)めてくれたぐらいです」

「ほお。そりゃあ、やけに出来た父親だ」

　信次郎が唇を丸めた。物言いは柔らかく砕けたものになり、親しみさえ伝わってくる。

「えらく物分かりがいい。いや、ちょっとよすぎやしねえかい。おまえさん、一人息子だろうが。たった一人の跡継ぎだ。それをあっさり絵師の弟子に出す。うーん、ちょいとわかんねえなぁ」

作兵衛太の表情が歪んだ。苦笑いのようでも、泣きべそのようでもある。

「お役人さまのおっしゃること、もっともだと思います。わたしも、あまりに簡単に親父が東伯先生への弟子入りを許してくれたので拍子抜けいたしました。それまで家業を手伝って、わたしなりに商売に励んではいたのですが、どうにも我慢がならなくて、どうしても絵師になりたくて……。商いにも身が入らなくなって、ついに、十八の年が明けたばかりのとき、家を飛び出してでも絵師になるとの覚悟を固めました。家を出るために荷を纏(まと)めていたぐらいです。しかし、親父は許してくれました。むろん、親に認めてもらい大手を振って出て行くのにこしたことはありません。そのときは、物分かりのいい父親でよかったと、胸を撫(な)で下ろしたものです」

「そのときは、か。つまり、今はそうじゃねえ。父親に対しての思いが違ってきたわけだ」

「いえ、今でも親父についてはありがたいの一言に尽きると。その心は変わりません。ただ……」

作兵衛太は口ごもり、目を伏せた。

「心に引っ掛かることがあるのかい。しゃべりたくなきゃあ無理にしゃべれとは言わねえ。誰だって他人にさらしたくねえ心の内はあるもんだ。けどよ、阿波屋、身の内に抱えている重えもんを吐き出して楽になる、そういう生き方もあるんだぜ」

信次郎の口調がさらに柔らかく、優しくなった。気遣いまでも含まれている。むろん、紛い物だ。遊女の口約束ほどの実もない。しかし、怒鳴りつけられ脅された後の優しさは、心に染み込む。それで、つい、怒鳴り脅していた者と優しく添ってくれる者が同一人であることを忘れるのだ。

伊佐治は、耳の穴を小指で二度、三度掻いてみた。自分もよく使う手ではあるが、信次郎ほど巧みではない。他人を手玉に取っているような後ろ暗さをどうしても感じてしまうからだ。

「その……重いとかそこまではいかないのですが……、わたしの手前勝手な思案に過ぎないとは、重々わかっておりますので……」

うんうんと、信次郎が相槌を打つ。

「親父は人としても商人としても立派で……、わたしなど足元にも及ばぬのですが……。だから、その、多分、わたしの中に僻みに似た気持ちがあるのでしょう。お恥ずかしい話です……」

「恥ずかしくなんかあるもんかい。父親と息子なんてのは、なにがしかの気持ちの縺れってのはあるもんだ。あって当たり前じゃねえのか。父親が功成り名を遂げた者であればあるほど縺れはややこしくなる。うん、誰だってあることさ。おれだって、この役に就いたときは、何かと父親と比べられてそれなりに苦労したもんだ。人知れず泣いたことだってあるしなぁ」

しみじみとした物言いだ。作兵衛太が顔を上げ、瞬きした。

「お役人さまも……、そうでしたか」

「だよ。武士も町人もねえ。公方（くぼう）さまだって、天子さまだって、同じだと思うぜ。だからよ、阿波屋、おまえ一人が悶々（もんもん）としてるわけじゃねえんだ」

伊佐治は慌てて、顔を伏せた。

聞いていて寒気がする。呆（あき）れて口が半開きになる。

血色の悪い呆れ面を見せるわけにはいかなくて、下を向くしかなかった。

何が苦労だ。何が人知れず泣いただ。親子の情愛など欠片（かけら）も持ち合わせていないくせに。よくもしゃあしゃあと、心にもない戯言（ざれごと）を並べられるもんだ。いくらお役目とはいえ、あざと過ぎるぜ。

木暮さまの育ち方、親分さんなら少しはご存じかと。

遠野屋清之介の、問いかけに近い一言が思い出される。

ほんとうでやすね、遠野屋さん。あっしもどう育ったら旦那みてえな人間が出来上がるのか、知りてえですよ。

探ってみるか。

闇夜の稲妻に似て、閃いた思いがある。それは、寸の間で消えて、闇だけが残った。いつの間にか閉じていた瞼を持ち上げる。どうしてか、背中にうっすらと汗を掻いていた。

「ただ、その……、親父には端からわかっていたんじゃないかと、このごろ思うのでございます」

「それは、おまえさんに絵師の才がないってことをって、意味かい」

「はい。そうでございます」

回りくどく要領を得ない作兵衛太の話を信次郎は、ゆっくりと手繰っていく。釣人が釣り針に引っ掛かった魚を引き寄せるように。

「なるほど、わかっていながら東伯に預けた」

「ええ、わたしは当時、世間知らずの若者でした。絵を描くのが好きで、自分には才があると信じておりました。絵師になるなど許さんと頭から押さえつけられれば、さっきも申しましたとおり、躊躇いなく家を飛び出したでしょう。そうなれば、絵師の道に行き詰まったとき帰るに帰れなくなる。親父はそこまで考えていたのではないでしょうか。わたしに本人が信じるほどの才がないことも、むろん見通していた。それで、わたしが阿自分の才に見切りをつけるまで、傍においてもらいたいと東伯先生に頼み、わたしが阿波屋に帰りやすいよう、取り計らっていたのではと」

「うん？　ちょっと待ちな」

信次郎が身を屈め、作兵衛太のしゃべりを遮った。

「先代と東伯ってのは前々からの知り合いだったのか」

「へ？　いえ、そのようなわけではないと思いますが」

「しかし、おまえさんの口振りだとそう聞こえるぜ。言い方は悪いかもしれねえが、先代が裏から東伯に手を回し、息子の弟子入りを頼んだとな」

「はあ……」

「先代はおまえさんの才の限りを見通していた。それを告げても、若い息子は意固地に逆らうだけだ。逆らうだけならいいが、絵師にもなれず阿波屋にも帰れず、自棄になって身を持ち崩すなんてことも無きにしも非ず、と、考えるのも親心だろうぜ。それなら、二、三年は無駄にしても、息子が納得して自分から家に帰って来るように仕向け、そのための道を敷いておく。で、知り合いの東伯を恃みとして息子を弟子入りさせた。そういう筋書きじゃねえのか。あ、いや、もしかしたら」

信次郎の指が鳴った。乾いた音が響く。

「おまえさんの才の底を見定めたのは、東伯かもしれねえな」

「先生が……」

「まぁ、そこらあたりは当て推量でしかねえけどな。で、おまえさんとしちゃあ、父親と師が顔見知りだったなんて、まるで思ってもいなかったわけだな」

「いや、あの、お役人さま……。あの、親父と先生が顔見知りだったかどうかは、はっきりいたしませんので。親父からも先生からも、直に聞いたわけじゃありませんから」

「直には聞かなかったが、感じるところはあったんだろう」

信次郎が手を伸ばし、作兵衛太の膝を軽く叩いた。

「ここまでしゃべったんだ、全部、吐き出しちまいな。後生大事に抱えているほど大層なもんじゃねえよ」

作兵衛太が曖昧に頷く。

「何があったんだ。何かを見たのか？　聞いたのか？　二人は、前から顔見知りではなかったかと、おまえさんは疑った。なぜだ？」

暫く黙り込み、作兵衛太は唇を舐めた。ぽってりと厚い舌が左右に滑り、唇を濡らしていく。

「……見たんです。親父と先生が話し込んでるのを……」

「どこでだ」

「先生の仕事場の裏手です。わたしが弟子入りして二月ぐらいは経っていたでしょうか。裏口の木戸のところで、顔を寄せ合うようにして話していて、ほとんど内緒話のようでした。わたしは、裏庭の掃き掃除を言いつけられていたのですが、何となく顔を出すのが憚られて、その場に、あの、えっと、積み上げた薪（まき）の陰になるのですが、そこにしゃがんでおりました」

「話の内容は耳にしたか」

「いえ、聞き取れませんでした。ただ、その、一度だけ……」

「ふむ、一度だけ、どうした」

「はい……」

作兵衛太がまた言い淀む。どうにも腹の決まらない男だ。傍に座っているだけなのに、伊佐治の胸に苛立ちが募る。けれど、信次郎は鷹揚（おうよう）そのものだった。

また、相槌を打つ。励ますように何度も頷く。

「先生が顔を上げて笑ったのです」

「ほう、笑ったかい」

「笑いました。楽しげとか高らかにとか、そんな風ではなくて……にやりと笑ったのです。先生がそんな笑い方をするのを初めて目にしました。ぞくりと……、背中のあたりがぞくりとしたのを覚えております」

「なるほど、それほど剣呑（けんのん）な笑みだったわけか」

「いえいえ、剣呑とまでは申しません。その、先生には似つかわしくないなと感じただけです」

「それと、父親と師が顔見知りだったとも感じた、だな」

作兵衛太の黒眸がうろついた。「はい」と、吐息の音ほどの声が漏れる。

「息子のことを案じて様子を見に来た父親とそれに応じている師匠って図ではなかった。むしろ、古い知り合いが密か事（みそごと）を話しているように見えた」

「……はい。ただ、その……それは、わたしが感じただけのことで、もしかしたらまったくの見当違いかもしれません。なにしろ、まだ若くて、物知らずなころでしたから。本当にあのころは」

「親父の方はどんな顔をしていた」

作兵衛太を信次郎が再び遮る。今度は断ち切るような調子だった。

「はあ？　顔？　あ、それは……えっと、あの……何もなかったような……」

「何もない？　ふーん、親父はのっぺらぼうだったなんて落ちじゃねえよな。ああ、つまり顔に何も浮かんでいなかった。面みてえに見えたってことか。だとしたら、おまえさん、驚いたんじゃねえのか。それこそ背中がうそ寒くなったりもした。もっと言やあ怯えさえしたかもしれねえな。父親の〝何もない顔〟なんてそのときまで目にしたことぁなかったからよ。ただの一度もな」

作兵衛太の眉が吊り上がった。口が開き、はあはあと息が漏れる。

「何で……」

喘ぎながら、作兵衛太は掠れ声で問うてきた。

「何で、そんなことまでわかるんです。もう十年も昔の誰にもしゃべっていない話を、何で……」

「ふふん、おまえさんのような正直者は、それこそ全部、顔に出しちまう。読むのは容易いさ」

信次郎の指が帯の女の絵を摑む。

「借りていくぜ」

「あ、お役人さま、ちょっ、ちょっとお待ちください。それをお渡しするわけにはいきません」

作兵衛太が両腕を振る。よほど慌てているのか、立ち上がろうとしてよろめいた。顔色は青く、血の気がない。

「ちょっと借りていくだけだ。この女について調べてえんだ。事が全て収まったら、きれいさっぱり返してやらあな」

「そんな、そんな、困ります。それはもう下絵も版木もないのでございますよ。一枚しか残っていない大切な絵なのです」

「下絵や版木がない？　何でだ。東伯が処分したのか」

「そうです。摺ってはみたものの評判が芳しくなく、全て始末してしまったと聞きました。そのとき、女の素性を問うてみたのです」

「しかし、うまいこと誤魔化されたんだな」

「誤魔化されたとは思っておりません。先生がはっきりおっしゃらなかっただけです」

それを誤魔化されたと言うんだ。

伊佐治は胸の内で呟く。

信次郎の右肩だけがひょいと持ち上がった。

「評判の悪い作だから始末してしまうとおっしゃって……。残っているのは、本当にその一枚だけなのです。それをわたしにくださったのです。今にしてみれば形見となりました」

「評判がねえ。どうでえ、親分」

身を退き、伊佐治は鼻先に突き付けられた絵との間を取った。

「さいですねえ、あっしには絵のよし悪しなんざわかりかねやすが、なかなかいい女じゃねえですかい。ちょいと得体の知れない色気があるようで」

口にしてみて、あぁそうだと合点できた。

この女、得体が知れねえんだ。

他の二人の、というか、二枚のというか絵姿の女たちはそれぞれに美しい。色艶が零れ、嫋々(じょうじょう)とした風情がある。

けれどこの女は……。

娘と女のあわいにいる。

先刻はそう感じたが、それだけではない。それだけではないのなら、何がある？

伊佐治には答えられない。摑み切れない気配を纏っている。そう感じるだけだ。東伯が絵師としてこの女に惹かれ、描きたいと望んだ。その心のあり様はわかる気がするのだが。

「東伯と付き合いのあった版元はどこでえ」

信次郎の声に我に返る。別段、放心していたわけではなかったが、思案を絵の女に引っ張られていたらしい。

作兵衛太が狼狽(ろうばい)を滲ませながらも、答えている。

「は、版元でございますか。えっと……、確か神田(かんだ)の長久堂(ちょうきゅう)と両国薬研堀(りょうごくやげんぼり)の三好屋(みよし)ぐらいでしょうか。先生の許を離れてから、ずい分と経ちますから、詳しくはわかりかねますが」

「なるほどな。親分、当たってみてくれ」

「へい」

「この大首絵が本当に評判が悪かったのか、どういう経緯(いきさつ)で東伯が描くことになったのか、そのあたりから穿るんだ」

「承知しやした。すぐに走りやす」

「頼むぜ。まっ、これで大方の話は聞いた。いろいろとおもしろかったぜ。邪魔したな、阿波屋。また何かあったら覗くからよ」

「あ……お役人さま、その絵を……」

作兵衛太は伸ばしかけた手を引き、そのまま座り込んだ。長いため息が口から漏れていく。信次郎はすでに、座敷の外に出ていた。伊佐治は腰を下ろし、作兵衛太の耳元で囁いた。

「阿波屋の旦那、ほんのちょっとお借りするだけでやす。決して粗末には扱いやせんよ。すぐにお返ししますので、安心してくだせえ」

丁寧に宥める。肩に手を置くと、作兵衛太は縋るような眼つきを向けてきた。

「ほんとに、よろしくお願いいたします。あれは、先生の遺作でもありますので。わたしの手元で大切にしたいのです」

「へえへえ、わかっておりやすよ。何の心配もいりやせん」

「……けれど、いくらお役人さまとはいえ、あまりにご無体(むたい)ななされ様で……」

「へえへえ、まったくで。申し訳ありやせんね。まあ、お侍なんてのは、みんなあんなもの、似たり寄ったりでさあ。そう割り切って、ほんの暫く我慢してくだせえ」

身を起こし、作兵衛太はこくりと頷いた。頑是（がんぜ）ない童のような仕草だ。頭にげんこつでも食らえば、大声で泣き出すのではないか。

子ども。いつまで経っても大人になりきれない子ども。さっき感じたのと同じ想いがせり上がってくる。

だが、待てよ。

立ち上がり、伊佐治はしょげている大柄な男を見る。

いつまで経っても大人になりきれない子ども、なのか。それとも、そういう役を演じているだけなのか。

考える。

人は役者だ。自分でも気が付かぬうちに、あるいは企んで、役を演じる。役のまま一生を終える者も本性の隠れ蓑（みの）として巧妙に使いこなす者もいる。

作兵衛太はどうだろう。

苦労知らずの若旦那、子どもの殻をくっつけたままの男、気弱で人が好（よ）いだけの二代目。世間という客に向けて、諸々を演じているのではないか。

伊佐治は軽くかぶりを振った。

今は信次郎から命じられた仕事がある。それを果たさねばならない。他のことは、一先ず置いておこう。

廊下に出る。信次郎の背後にぴたりとつく。

「親分、気が付いていたかい」

振り向きもせず、信次郎が言った。

「へい、その絵についちゃあ、阿波屋は騙ってやすね」

「だな」

短い答えが返ってきた。

「初めは三枚の絵を買い取ったと言い、後ではその一枚だけはもらったと言う。辻褄が合いやせん。あれこれしゃべっているうちに、襤褸が出やしたねえ」

「そうだ。買ったのでもなく譲り受けたのでもない。おれたちに憚らなくちゃならねえやり方で手に入れたのよ」

「つまり、盗んだと」

「じゃねえか。これを」

信次郎は懐から絵を取り出した。庭からの風にかさこそと音を立てる。寒さを増すような音だ。

「阿波屋が手に入れたのは、ごく近時だろう。おそらく、東伯が亡くなってからだ」

「言い切れやすかね」

伊佐治の呟きが聞こえなかったはずはないのに、信次郎は前を向いたまま淡々と続けた。こういうとき、下手に口を挟んではならない。短い受け答えをするだけだ。そのあたりの要領は心得ている。

「どういう経緯かわからねえが……、まあ、阿波屋の言を信じりゃあ評判の悪さに腹を立てて、下絵も版木も始末した。なのに、一枚だけは手元に残した。なぜだ？ 気に食わないのなら、きれいさっぱり捨てちまえばいいじゃねえか」

「捨てきれなかったわけがあると？」

「じゃねえか。そのわけはわからねえが、一枚だけ残した絵、しかも、広まっては困る絵を金で売るとは考えられねえ。他人に譲るとはもっと考えられねえ。しかし、阿波屋はこの女が、この絵が気に入った。どうしても手に入れたかった。ガキと一緒よ。五つ、六つにもなりゃあ、ガキでも諦めることは知っている。手が届かねえなら欲しがっても無駄だと割り切れる。けど、阿波屋はそれができなかった。身体は大人でも、心の方は幼いまんまのところがあるんだろうぜ。で、つい、手を出しちまった。茶簞笥の中の饅頭を盗み食いする我慢足らずのガキみてえにな」

「それが東伯の死んだ後だと？」

「大方そうさ。東伯は独り身なんだろう。死んじまえば、家人がいない家の中は、あれこれ目を光らせる者はいねえ。弟子が何人いたか知らねえが、元弟子で今は分限者の客である阿波屋は、誰に咎められることもなく出入りできるし、家の中をうろつきもできる。葬儀の用意を手伝うだの、遺品の整理をするだの適当な言い訳をくっつけて、家探しをしていても変には思われねえだろうな」

「なるほど、堂々と盗人（ぬすっと）になれるって寸法か。大首絵一枚なら、懐に忍ばせときゃあ見咎められるはずもねえ」

「阿波屋には、東伯が生きて住んでいる家に盗みに入る度胸はなかろうぜ。よしんば留守の間に忍び込んだとしても、東伯が絵の紛失に気が付いて騒いだらどうしようもなくなる。東伯がぽっくりいったのは、阿波屋にとって千載一遇（せんざいいちぐう）の機会だったと言えなくもねえぜ」

伊佐治は足を止めた。

唾を呑み込む。

「旦那、阿波屋が殺（や）った……なんてこたぁねえですか」

信次郎は立ち止まらなかった。慌てて後を追う。

「女の絵姿欲しさに人一人を殺す、か。まあ、無いとは言えねえが人を殺すってのもなかなかに骨折り仕事だ。しかも、病死として片付けられるようなやり方でとなると、素人にはまず無理だ」

確かにそうだ。逸った己を恥じる。

「東伯の死因、調べてみるか」

「へ?」

「弟子が見つけたときは既に冷たくなっていたそうだが、さすがに医者を飛び越して、坊主を呼んだりはしてねえだろう。医者が一応は死体を調べたはずだ」

「わかりやした。版元と医者、手下を動かしやす。わけのねえこって。すぐに調べ上げてお報せに参りやすよ」

「ありがてえ。頼りにしてるぜ、親分」

信次郎が振り向き、拝む仕草で手を上げる。その場繕いのいいかげんな礼ではなかった。本気の謝意が伝わってくる。

こういうとき、狼狽えてしまうのだ。

陰湿で剣呑で、非情。うちの旦那は人ではなく蛇や狼に近いと本気で思うときが多々ある。おそらく、その思いは間違っていないだろう。なのに、稀にだが真っ直ぐに、何の衒いもなく、詫びや謝意を伝えられたりする。その度に、伊佐治は戸惑い、どう応えればいいのかわからなくなる。そして、束の間の狼狽が過ぎた後、無性に腹が立ってくるのだ。信次郎からいいように扱われている気がして、何とも業腹だ。業腹なのに、心内が和らいでもくる。

へえ、こんな素直でさっぱりとした面もあるのか。

と、信次郎を見直したくなるのだ。

「おう、お内儀」

不意に信次郎が足を速めた。廊下の先にお芳が立っていたのだ。

伊佐治は一人取り残された格好になる。

へっ、やっぱりいいように扱われてるぜ。

自分の甘さに苦笑していた。

「また、会えるたぁ嬉しいぜ。縁があるのかね」

「まあ、ほほほ。お役人さま、お帰りでございますか」

お芳が微笑む。

「まあな、ご亭主にいろいろと話を聞かせてもらった。助かったぜ」

「お役に立ちましたでしょうか」

「ああ、十分さ。ところでお内儀、ちょいと見てもらいてえ物があるんだが、いいかい？」

「わたしにですか？　あらまあ、何でしょうねえ」

「この女、見覚えはねえかい」

信次郎が絵姿を差し出すと、お芳は首を傾けた。そういう所作にも仄かな艶がある。肌はさほど白くはないが滑らかで、顔立ちはきりりと引き締まっている。結ばれた唇に気性の強さが窺えた。

「ございませんね」

「そうかい。よく見てくんな。ほんとに覚えがねえのか」

「ありませんよ。きれいな方ですけどね……」

「まあな。しかし、人目を引くほどじゃねえ気がするな」

「そうですか。若くてきれいですよ」

お芳は絵から視線を外し、また、微笑んだ。

「これはな、おまえさんの亭主が後生大事に仕舞い込んでいた大首絵なんだぜ」

「うちの人が？　そうでしたか。では東伯先生の御作(おさく)なのですね。うちの人、先生の美人画が本当に好きでございますからねえ」

「おれは、この女よりお内儀の方がよほど美しいと思うがな」

「お戯(たわむ)れを。お役人さま、お口上手でいらっしゃいますねえ」

「いや、戯れじゃねえさ。本音だぜ。こんな美しい女房がいるんだ、絵姿の女なんてどうでもいいって気になる、おれならな」

お芳はもう何も言わなかった。半歩ほど後退り、頭を下げる。

どうぞ、お引き取り下さい。

所作で伝えてくる。

信次郎が鼻を鳴らした。鼻を鳴らしただけで動く気配はない。

「旦那」

伊佐治は後ろから、黒羽織の袖を引っ張った。

「行きやしょう。ぐずぐずしてる暇はござんせんよ」

「ああ、わかってる。けど、その前に、なあお内儀」

「はい」

「森下町の遠野屋って小間物問屋、知ってるかい」

思わず羽織の袖を握りしめてしまった。

遠野屋？　どうしてここに、遠野屋が出てくるんだ。

「森下町の遠野屋……。ええ、お名前だけですが存じておりますよ。うちの女たちがよく騒いでおります。簪（かんざし）にしろ櫛（くし）にしろ、すばらしいお品が揃（そろ）っているとか。それに、おもしろい催しをなさるんですよね。女の身に着ける着物、帯から小物や履物にいたるまで一座敷に集め並べる……のでしたっけ？　女なら一度は覗いてみたいねえと、ご近所のお内儀さんたちも話しておりました」

「お内儀はどうでえ」

「は？　わたしですか」

「そうさ。〝女なら一度は覗いてみたい〟と思わねえかい」

「そうですねえ……」

お芳は目を伏せ、寸の間、考え込んだ。

「こういう言い方をしますと鼻につくかもしれませんが、わたしはきらびやかに身を飾るというのが、どうにも好きになれません。化粧もそうですし……」

そう言われてみれば、お芳の形はいたって質素だった。髷を飾るのも変哲のない木櫛と手絡のみだ。みすぼらしくはむろんないが、華やかさには欠ける。

阿波屋の内儀だ。その気になれば、好きなだけ贅沢は許されるだろうにと、伊佐治はお芳の顔を眺めてしまう。

「なるほど、お内儀ほどの美貌なら飾りも化粧も無用だろうよ。むしろ、邪魔になるかもな」

信次郎がにやにやと笑いながら、歯が浮くような世辞を並べる。お芳の眉が心持寄った。

「そんなわけはありませんよ。ただ、高直できらびやかな品は性に合わない、それだけのことでございます」

「じゃあ、こっちはどうでえ」

信次郎が懐から折り畳まれた紙を取り出した。

伊佐治は目を剝いた。

旦那が何で、こんなものを持ってんだ。

「これは、引き札ですか」

「そうさ。遠野屋の廉売の引き札だ。摺りたてのほやほやさ」

伊佐治は、声を上げそうになった。

今朝、遠野屋からの使いが引き札数枚を届けてくれた。

「うわっ、おっかさん、こんなにたくさんのお品が並ぶんだって」

「どれどれ……、ほんとだ。すごいねえ。しかもこの値は」

「うん。安いよね。これだったら、櫛も白粉も買えるかも」

「買えるさ。紅板だって手が届くよ。おやまあ、見てごらん。玻璃の簪まであるじゃないか」

「うわぁ、楽しみ。あたし、前の晩、眠れないかも」

おけいとおふじのはしゃぎようは尋常ではなく、伊佐治は気圧されそうだった。

信次郎が梅屋に現れたのは、女たちの騒ぎから四半刻ほど経ってからだ。

あのとき、引き札の一枚を懐に仕舞ったのか。

「まあ、これはさすがに品揃えがすごいですね」

お芳が食い入るように引き札を見詰める。

ああ、商売人の眼だと、伊佐治は唸りそうになった。

商売人の眼だ。女の眼差しではない。

この品が気になる。こちらがいい。あれもこれも欲しい。そんな見方ではなく、品揃えや引き札の割付けを注視する眼つきだった。

「行ってみねえか」

「え？」

お芳が顔を上げ、瞬きをする。

「遠野屋の廉売だよ。自分の眼で確かめてみたらどうだ」

信次郎はまだ、だらしなく笑っている。反するようにお芳の口元は引き締まり、固く閉じられていた。

「いやな、遠野屋の主人とは、長え付き合いなのよ。どういうわけか妙に気が合ってな。仕事とは関わりなく酒を酌み交わすことも度々、あるんだ。会心の友ってやつかもしれねえ」

お芳の唇から息が漏れた。

「そうですか。お親しいのですか」

「そうさ、お互い気心も知れてな、ほとんど身内みてえなもんよ。だから、お内儀が廉売の様子を見てみたいというのなら頼んでやるぜ。おれが頼めば、遠野屋は必ずうんと言うさ」

「よろしいのですか。遠野屋さんの廉売は三月に一度、たいそうな評判でなかなか店に入れないと聞いた覚えがありますよ。遠野屋さんの方で、お客の数を限ることまであると。それほどの人気なのでございましょう。そんなところに割り込みなどできますか」

「ほう、お内儀のところまで評判が届いてるのか。嬉しいねえ。早速、遠野屋に伝えておこう。あいつ、喜ぶぜ。しかしな、心配はいらねえ。おれが口を利けば、横からだろうが後ろからだろうが、好きなようにできるさ。袖振り合うも多生の縁て言うじゃねえか。おれが何とかしてやる。な、お内儀、この機を逃したら、遠野屋の廉売を覗くなんてちょいと無理になっちまうぜ」

「そうですねえ。遠野屋さんのお商売の手立て、正直、じっくり見たいのです。米と小間物。商う品は違っても商いの道は同じ。遠野屋さんがどうしてあそこまでお客さまの心を摑めるのか……」

「気になるかい」

「ええ、とても」

お芳が引き札を見詰める。

伊佐治はこめかみのあたりを指先で揉んでいた。

鈍く疼く。吐き気も微かだがある。船酔いに近い気分だった。

病ではない。信次郎の毒気に中てられたのだ。

いってえ、どういうつもりなんだ。

こめかみを揉みながら、心内で呟く。

妙に気が合う？　気心が知れてる？　会心の友？　身内？

どの口が言ってんだ。よくぞまあ舌が捻じれずに、すらすらとしゃべれるもんだ。

確かに付き合いは長い。相生町の自身番で初めて出会ってから、幾年もの年月が流れている。けれど、信次郎と遠野屋の間に、温かな親しみや情が通ったことが一度でもあったか。

気心など互いに触れたこともなかろうに。触れられないからこそ、興を示し、暴きたいと望んでいるのではないか。遠野屋の正体が、その身体を斬り刻んで取り出せるものなら、信次郎は何の躊躇いもなく刃を握る。

伊佐治には、わかり過ぎるほどわかっていた。

胸を抉っても腹を裂いても、見たいものを見、欲しいものを手に入れる。それが、うちの旦那だ。

あれはおれの獲物だ。誰にも渡さねえよ、親分。

底冷えのする風の中で、信次郎が告げたのはいつだったか。いや、底冷えなどしていなかった。凩など吹いていなかった。凍てていたのは、信次郎の薄笑いだけだ。

そうだ。あれも、うちの旦那だ。そして、遠野屋は……。

遠野屋が獲物に甘んじるわけがない。

これも、骨の髄までわかっている。

穏和で物静か。思慮分別と気配りに長け、天から商才を授かった男。世間は遠野屋清之介をそう評するだろう。間違いではない、その通りだ。だからといって、遠野屋はみすみす食われる側に回ったりはしない。遠野屋には守るべきものがある。死ぬわけにも滅びるわけにもいかない。それに……、それに……。

伊佐治は震える。

遠野屋だって、もしかしたら、旦那を抉りたい、斬り裂きたいと焦がれている……。いや、そんなこたぁない。

ないのか、本当に？　心底から言い切れるのか、おれは。どちらが狩るのか。どちらが餌食になるのか。共に倒れるのか。とどのつまり、おれには何一つ、摑めてねえんだ。摑めていないから、怖い。おもしろい。

怖じ気ながら、震えながら、伊佐治は見ているのだ。怖じ気の底に悦楽がある。稀代の見世物の、唯一人の見物客である我が身を呪いもし、祝いもする。

「廉売だ。贅沢な買い物にゃならねえ。始末屋のお内儀だって、十分に楽しめるんじゃねえのか」

信次郎が執拗に誘っている。お芳がすっと身をかわし、半歩退いた。肩を抱こうとでもしたのか、信次郎の手が空に浮いている。まるで、下卑た酔っ払いのようだ。

伊佐治はため息を吞み込む。

「ですから、買い物なんてどうでもいいんですよ。けど、始末屋だなんて、言わないでくださいまし。性分なんです。昔から、あれこれ買い漁(あさ)ること、そんなに好きじゃなかった。それだけなんです。でも、遠野屋さんの商いには心惹かれますねえ」

何事もなかったかのようにお芳は帯に手をやり、微笑んだ。

「ほお、商人からすると遠野屋の商売ってのは、そんなに気になるもんかい。思いもしなかった」

「お武家さまには関わりない心念(しんねん)じゃないんですか。商人の性(さが)ってやつでしょうよ」

お芳の物言いが心なしかぞんざいになる。ちらりと信次郎を見やった眼に侮(あなど)りの色が浮かんだのを、伊佐治は見逃さなかった。

軽薄で、好き者で、口数多く執拗(しつよう)に媚(こ)びてくる男。

お芳の眼には、信次郎がそう映っている。間違いなく。

信次郎がそう見せているのだ。

何のために？

何のために、阿波屋の内儀を謀(たばか)らねばならない？

さっぱり、見当がつかない。

「では、お言葉に甘えてもよろしいですか」

「いいとも。遠野屋には、おれから話を付けとくさ」

「よろしく、お願いします。ご連絡をお待ちしておりますよ。それと先代の件もどうかよしなに」

お芳の手が動く。信次郎の袖が揺れた。

「ふふん、口止めのつもりかい、お内儀」

「はい」

臆面もなくお芳は頷く。計るように袖を振り、信次郎は機嫌のいい笑顔になった。かなりの重さなのだろう。

「あの仕舞屋、阿波屋にとって隠さなくちゃならねえ代物なんだな」

「それはどうかわかりません。正直、わたしは……、いえ、わたしも亭主も何も知っちゃあおりません。わたしが気になるのは世間の口なのでございますよ」

「世間か。確かに、阿波屋の先代が家の者にも気づかれぬまま、どこぞの仕舞屋に女を囲っていたと噂が出回っちゃあ拙いな」

「はい、しかも、そこが焼けて、焼け跡から人の……」

死体と言い辛かったのか、お芳が口をつぐむ。

「うんうん、わかる。世間の口ってのはいいかげんで、実意に欠けるところがあるからなあ。尾鰭を勝手にくっつけて、おもしろおかしく吹聴する。で、事実とはまるで違う話が、大手を振って独り歩きを始めちまうって寸法だ」

「仰せの通りでございます。噂は噂と見過ごせないのが商家の辛いところ。事実とはほど遠い流言に潰された店もございますからね」

「だな。噂ってのは悪意を含み易いとも言うしな。阿波屋のご隠居が若い女を殺し、火をつけたなんて妄説も出てくるかもな」

「それが怖いのでございます。どうぞ、お察しくださって、内々にお取り計らいくださいませ」

お芳が優雅な所作で、辞儀をした。

「旦那、どういう料簡なんです」

表通りを歩きながら声をかける。足を速め、背後から横に回った。上目遣いに主の横顔を窺う。

「いい女だったからつい口が過ぎたなんて、つまんねえ誤魔化しは無しですぜ」

信次郎から返事はなかった。窺った片顔からも、些細な情動一つ、読み取れなかった。

「何で、お芳を遠野屋さんの廉売に誘ったりしたんで？　何のためでやすか。聞かせてくだせえ。いや、聞かせていただきやすよ」

いつもなら、ここまで深入りはしない。信次郎が語るのをいつまでも待つ。辛抱強さは、とっくに習い性になっていた。しかし、今はどうしてだか、焦れていた。信次郎の心内を知りたい。どうして、芝居を打ってまで、お芳と遠野屋を繋げようとするのだ。

通りを歩き、両国広小路に出る。いつもながらの賑やかさだ。

水茶屋や見世物小屋が並び、大道芸人が芸を披露し、人々が途切れなく行き交う。あちこちで小競り合いが起き、雑多な物音や人声が絡まり合って、うねる。この時季なのに、人いきれに汗が滲み、伊佐治は手拭いで額を拭った。

ここに立つと、人の雛形のことごとくを見ている気になる。足は確かに地を踏みしめているのに、いつの間にか身体が浮遊していく。そんな、珍妙な気分になるのだ。

信次郎が口を開いたのは、両国橋を渡り終えてすぐだった。

「親分、気付いてたか」

一瞬で、意味を解せた。

「へえ。お芳は絵の女を知ってやすね」

「ふふ、さすがだな。やはり、見透かしてたかい」

信次郎が含み笑いを漏らす。

「何にも尋ねやせんでしたからね」

伊佐治は真顔のまま、視線を前に向けた。

尾上町はすぐそこだ。見慣れた風景が広がっていた。

「お芳はむろん、仕舞屋の焼け跡から女の死体が出て来たこと、知ってやす。そこに女の絵を見せられたりしたら、大抵の者は、ぎょっとしやすよ。まして見せたのが同心の旦那でやすからね。もしや、これが死んでいたという女か？　と、勘ぐっても当たり前じゃねえですかい」

「しかし、お芳はぎょっともしなかったし勘繰りもしなかった。知らないとつっぱねただけだ」

「へえ、ほとんど関心がねえって様子でやしたね。つまり、女が何者なのか、知っていた。何をどこまでなのか詳しくはわかりやせんが、お芳が何かを、あっしたちの知らない何かを知っている。それだけは、確かでやしょうね」

ああと、信次郎が呟く。

「あっしは、てっきり旦那がそこを突くのかと思ってやした。お芳を責めて、隠し事を暴くんじゃねえかと、ね。けど、そうじゃなかった。暴くどころか、妙に間延びした好き者の振りをしてお芳をおだて、遠野屋さんの名ぁまで引っ張り出して機嫌を取る。あまつさえ廉売に誘うなんざ、何を考えての所業です？」

「何だよ、怒ってんのか？　親分」

「怒ってやしません。けど、嫌な気分にはなってやすね。旦那が企んでいることが、よく見えねえのに苛々もしてやす」

見えないのはいつものことだ。

信次郎の思案は、伊佐治にとって闇でしかない。闇ならいつか慣れるが、こちらは幾ら目を凝らしても無駄だった。信次郎が、その気になって明かりを点し、思案のほどを照らし出してくれるまで待つしかない。待つしかないが、それに苛ついたり嫌悪をおぼえたりはしない。むしろ、楽しみでもあった。

いったい、どんな謎解きを見せてくれるんだ。

胸が高鳴りさえした。

しかし、今度ばかりは勝手が違う。胸は高鳴りも弾みもしない。それどころか、落ち着かなくざわざわと鳴り続けている。

信次郎が懐に手を入れた。

金包みを取り出す。

「五両か」

「大金でやすね」

「相場さ。これで、騒ぎを内々に収めて欲しいってわけだからよ」

「収めるわけじゃねえでしょ」

「そうさな。五両じゃちょいと足らねえな」

五万両積まれたって、足らねえだろうよ。

伊佐治は胸の内で少しばかり笑ってみた。金では信次郎はなびかない。女の身体であっても、せつない真心であっても、必死の訴えであっても、身近な者の幸せのためであっても、なびかない。武士の本懐（ほんかい）だの矜持（きょうじ）だの義憤だのなど、歯牙（しが）にもかけまい。そそられた謎に取り付いて、一枚残らず皮を剝ぎ取る。誰が傷付こうが、破滅に追いやられようが、望みを断ち切られようがおかまいなしだ。自分の前に解けない謎が立ち塞（ふさ）がる。ただ、それだけが許せない。どうあっても許しはしない。

信次郎の生き方だ。

「親分。手下をもうちょい増やせるか」

「手下を？　へえ、見どころのある若え（わけ）のを二、三人、目ぇつけてやすが、これ以上、手下が要りようなんで」

「お芳を探ってみてくれ。どこで生まれ、育ち、どういう経緯で阿波屋の嫁に納まったか。そこを知りてえんだ」

「わかりやした」

「もしかしたら、あの女、武家の出かもしれねえな」

「武家の」

眉の端が吊り上がったのがわかる。

「真（まこと）でやすか」

「真かどうか、わからねえ。ただ、ちょいとそんな気がしただけさ」

へっ、と嗤ってみる。信次郎の供をするうちに、身に馴染んだ嗤い方だった。女房のおふじに、ときたま叱られる。目にすると、気分が悪くなるそうだ。

「旦那が、気がしただけのことを滑々、口にしやすかね。お芳の何かが引っ掛かったんでござんしょう」

信次郎が肩を竦めた。

「つくづく怖ぇ爺だな。全てお見通しってか。まあ、動きに隙がなかったからよ。それが気になっただけのことさ」

動きが？　ああ、あれか……。

信次郎が伸ばした手をお芳は巧みにかわしていた。

あの動きか。しかし、あれぐらい、場数を踏んだ女、玄人筋の女ならわけもないことだ。玄人でないにしても、お芳ほどの佳人なら言い寄る男は数多くいたろう。上手くかわす術ぐらい身に付けていてもおかしくない。

「間合いだよ」

信次郎が言った。それこそ、伊佐治の心内を見通している。

「おれの手を避けた後、あの女、間合いをちゃんと取ってたぜ。おれの手は届かねえが、無礼なほど離れてもいない。絶妙な間合いだ。おれが踏み込んでも、ぎりぎり身をかわせる間でもある」

「なるほど。その間の取り方が引っ掛かったんでやすね。わかりやした。新吉にやらせやしょう。あいつなら、抜かりなくやってくれやすよ」

不意に、信次郎が身体を寄せてきた。

袖が重くなる。

「旦那。これは」

「阿波屋のお内儀からの袖の下さ。持っていきな」

「いりやせんよ。この前、たっぷりと頂いたばかりじゃねえですか」

くっくっくっ。

信次郎はさも楽し気な笑声を漏らした。

「相変わらず欲がねえな、親分。けど、あれこれ、調べてもらわなくちゃならねえ。手下たちをたっぷり潤してやんな。そのかわり、しっかり獲物をくわえてきてもらうぜ。それにな」

「へえ？」

「一癖ある女の金なんてのは、早目に散財するに限るのさ」

「そういうもんですかね。初めて聞きやしたが」

二癖も三癖もある男から渡された金はどうなんだ？

重い袖を伊佐治は、そっと振った。

「でな、親分。もう一つ、探ってもらいたい処がある」

「へえ、どこなりと……」

ぼそり、耳元で信次郎が囁いた。

「え？　山海屋って、深川元町の山海屋でやすか」

「そうだ。この前、主人が亡くなった。どういう亡くなり方をしたのか探ってもらいてえんだ」

「……わかりやした」

命令ならば、どんなことでも調べ上げる。己の役目は心得ていた。

「余談だが、その主人てのが、お仙の店の馴染み客だったそうだぜ」

「お仙さんが関わってくる話なんで？」

「いいや。お仙は関わりねえなあ、律儀な女だからよ。山海屋の葬儀の折に、わざわざ品川から出てきて手を合わせてはいたが」

「さいですか」

お仙の白い顔が浮かぶ。ふっと儚げな表情を見せるくせに、きりりと芯の強い女だ。

「お仙さん抜きってことは、今回の件との絡みでやすか」

「まあな」

「山海屋が、どう絡んでくるんで」

「わからねえ」

前につんのめりそうになった。慌てて、気息を整える。

「わからねえんだ。絡みなんざ、まったくないかもしれねえ。その見込みの方がだいぶ大きいだろうな」

「それなのに、調べろと？」

「ああ。続くからな。妙に気になる」

伊佐治は背筋を伸ばし、息を張った。

「どういう意味でやす？　何が続くんで」

「人死に、さ」

人死に？　ここは江戸だ。国のあちこちから人が集まり、渦巻き、蠢く。人が生まれるのも死ぬのも、珍しくはない。

江戸のどこかで、日々、人は生まれ死んでいく。

「山海屋の主人ってのは、殺されたかもしれねえんで？」

問うてから、かぶりを振っていた。

そんなわけがない。深川元町は伊佐治の縄張だ。大店の主人だろうが、長屋の棒手振りだろうが、大工の棟梁だろうが、殺されたのなら伊佐治の耳に必ず入る。それがなかったということは、ごく尋常な死に方だったはずだ。けれど、尋常な死に方に信次郎の食指が動くわけもなかった。

「わかりやした。まずは、東伯と同じく医者を当たってみやす」

「頼りにしてるぜ、親分」

吹いてくる風に背を向けて、信次郎が歩き出した。竪川を渡る気らしい。

「旦那、どちらへ」

「森下町さ。お芳のために遠野屋に頭を下げなきゃならねえ。無理を承知で頼む、とな」

信次郎が、また、笑う。

楽し気でも、温かくもない声だ。笑い声のくせに突き刺さってくる。喉を締め付けられる。それなのに、抗い難い。

一ツ目橋が見えてきた。

水音が聞こえる。

伊佐治は風に背中を押されながら、竪川を渡った。鴨の群れが川面から飛び立ち、西の空へと消えていった。

第六章　風と雲と

遠野屋の店内は人で溢（あふ）れていた。

大半が女だ。

女たちは売り台に並ぶ品々を手に取り、連れの者と顔を見合わせ、くすくす笑い、思案気に首を傾げ、値札を眺める。どの顔もほんのりと紅潮していた。

それぞれの売り台の傍には遠野屋の手代が控えていて、大振りな鏡を差し出したり、品の講釈をしたり、値引きの相談に応じたりしていた。みな、手慣れている。態度にも物言いにもそつがなく、しかし、嫌味など僅（わず）かも感じさせない。いかに遠野屋といえど廉売（れんばい）だ。となると、大店（おおだな）、大身（たいしん）の客はまずいない。江戸の巷（ちまた）で細々と生きる小商人や職人の身内がほとんどだろう。中には、いかにも貧し気な身形（みなり）の娘もいる。

奉公人たちは客を選ばなかった。どんな姿でも、どんな装いでも客は客として丁寧に細やかに接している。

よく、躾（しつ）けられていること。

おふじは遠野屋の商いを眺め、勢いを肌で感じ、感嘆の吐息を漏らした。束の間、毛氈の上に並べられた品々を忘れたほどだ。

「おっかさん、この櫛、かわいい」

おけいが三日月形の櫛を差し出した。紅色の地で峰の片隅に白い猫と手鞠が描かれている。華やかではないが愛らしい。

「ほんとだ。おまえに似合いそうだねえ」

「ほんとに？　少し子どもっぽくない？」

「そんなことあるもんか。よくお似合いだよ。ああ、でも、こっちの黒塗りのもいいね。ほら、蒔絵だよ。きれいだこと」

「でも、少し、値が張るんじゃないかな」

「これくらいの値なら買えるさ。遠慮おしでないよ」

おけいの頰がさらに赤くなる。眼の中で光が躍り、面が照り映える。はっとするほど美しい。小間物とは、こんな風に女の内側からも美しさを引き出すのかと、おふじはまた、息を吐いた。

「ねえ、おっかさんはどうするの」

「そうだねえ、あたしは半襟と手絡が欲しいんだけど」

「それなら、あっちよ。緋毛氈のところ、行ってみようよ。あ、ね、傍にあの手代さんがいるよ。たまに梅屋にも顔を出してくれる人だよね」

「信三さんだね。あの人、今は番頭さんだよ。ちゃんと羽織を着けてるじゃないか」

「あ、そうか。ご出世なさったんだ。あ、あたしたちに気が付いたみたい。おっかさん、行こう。きれいな半襟がたくさんあるよ」

おけいが軽い足取りで、信三に近づいていく。

「おけい、あまりはしゃぐんじゃないよ。子どもじゃないんだから、落ち着きな」

戒めの言葉を口にしながら、おふじの気分も浮き立っている。さしたる苦労も苦慮もしなくていい暮らしだ。それでも、日々の憂さは溜まる。埃が薄らと積もるように、いつの間にか心の内に溜まり、淀み、澱になる。それが一掃きされたような気分だ。

ふふ、存外、あたしも子どもなのかね。

自分で自分を笑ったとき、肩がぶつかった。

「あ、ごめんなさいよ」

おふじは足を引いて、すぐに詫びた。

「いえ、こちらこそご無礼でしたね」

背の高い美しい女が、頭を下げる。

それだけだった。

これだけ大勢の客だ。肩がぶつかってもしかたない。むろん、不思議でも何でもない。

お互い詫びて何事もなかったのだから、気にかけるものはないはずだ。しかし、おふじは振り返り、女を目で追っていた。妙な心持ちがする。遠野屋の店内でその女だけが異質だった。どこがどう異なるのかわからない。ただ、感じるだけだ。

「おふじさん」

声をかけられる。

「まあ、遠野屋さん」

おふじは口元を広げた。商売用の愛想笑いではない。この場に招いてくれた遠野屋の主人に対する謝意の笑みだ。

「お楽しみいただいていますか」

「ええ、そりゃあもう。楽しくて楽しくて、おけいと二人ではしゃぎっぱなしですよ。年甲斐（としがい）もなく浮き浮きします」

「それは、よかった」

遠野屋も笑んだ。風格さえ漂う。

この若さでたいしたものだねえ。

おふじは軽く胸を押さえた。もうずっと前になるが、亭主の伊佐治に尋ねたことがある。まだ、遠野屋清之介をほとんど知らなかったころだ。

「ねえ、遠野屋の旦那って、どういう人だい」

「どういう人……か。そうだなあ……」

珍しく伊佐治の歯切れは悪かった。ややあって一言、「まあ、てえしたお人さ」と返事があった。

「そうとしか言えねえな」

「どこが、たいしたお人なんだよ。お人柄かい？　商売の腕かい？」

「それもあるが……。まあ、何だかんだ全部ひっくるめてだ」

伊佐治は口を一文字に結ぶと大根の皮をむき始めた。もう、これ以上はしゃべりたくないらしい。無理に聞き出すものでもなし、おふじは亭主に背を向けて店に出ていった。

あのときは、何となく伊佐治にかわされた気がしたが、今、遠野屋の若さと風格を目の当たりにすると「てえしたお人」の一言が、すとりと腑(ふ)に落ちた。

遠野屋が笑みを消し、ちらりとおふじを見やった。

「ところで、気になりますか」

「え？」

「あのお客さまです。おふじさん、ずっと見ておられましたね」

「あら、そんな」

慌(あわ)てる。誰であれ他人に無遠慮な視線を向けてしまった。それを、遠野屋に見咎(みとが)められたようで恥ずかしい。

「遠野屋さん、かんにんですよ。不躾なことしちまって」

「いえ、そういう意味ではありません。おふじさんのご気性は、わたしなりにわかっているつもりです。わけもなく他人を窺うような方じゃないと。だとしたら、何かあるのかと思いまして」

おふじは頬に手をやった。

少し、火照っている。背中も脇下も微かに汗ばむ。

何て危うい男だろう。

火照りながら、おふじは思う。

遠野屋は追従を言っているわけでも、おもねっているわけでもない。心のこもった認め方をしているだけだ。さりげなく、それを伝えているだけだ。

だから、危ない。

こんな風に認められたら、さりげなく伝えられたら、女の心は騒ぐ。ざわめいて、ざわめいて、そのざわめきの底から甘美な想いが滲み出す。この男のためなら命も身体も投げ出せるのでは……と、迷ってしまう。

女の生きる日々に仕掛けられた罠のような男だ。

あの日、包丁と大根を手に言い淀んだ伊佐治の顔が浮かぶ。そして、なぜだか木暮信次郎の姿も。

うちの人って、何でこうも危ういお方たちと共にいるんだろう。

答えは自分で返せた。

好きだからだ。

衣（ころも）の下に刃（やいば）を隠し持つ。そんな男が、もしかしたら女も好きなのだ。惚（ほ）れるとか愛（いと）おしいとかではない。たぶん、そそられるのだ。そそられて、どうしようもないのだ。ごろつきや荒くれ者たちとはまるで異質の、この深い危うさに伊佐治は焦りながらも、戸惑いながらも引き込まれている。

因果な人だよ。

何十年も連れ添った亭主を笑ってやりたい。笑いながら抱いてやりたい。

「おふじさん？」

遠野屋が微かに首を傾げた。

「あ、はい。ま、あたしったらぼんやりしちゃって。遠野屋さんに褒められて、頭がのぼせちまったのかしら」

いつもより早口で続ける。

「えっと、ええ……あの女の方ですよね。いえね、何となくそぐわない気がしたものですから。つい、目が行っちまって」

「そぐわない、ですか」

「ええ、何となくしっくりこない気がして……。あら、でも、何でそんな気がしたんでしょうね。きれいな方だし、別段、おかしくなんかないですよね」

視線を賑わう店内に巡(めぐ)らせてみる。先刻の女は見当たらない。人に紛(まぎ)れたのか、店を出て行ったのか。

「品のいいお身形でしたから、どこかいい所のお内儀(ないぎ)さんなんでしょうね。遠野屋さんには、あたしなんかよりずっと相応(ふさわ)しいお方なのかもしれません。それなのに、あたしったら何を言ってるんでしょ。ほんとに、考えなしに物を言って……恥ずかしいですよ。えっと、あの……ほんとにすみません。せっかく、招いてくださったのにねえ。まったく、何でそぐわないなんて……的外れのことを考えたのか自分でもおかしくて……」

しどろもどろになる。しゃべればしゃべるだけ、言い訳がましくなってしまう。女に感じた〝そぐわない〟思いは徐々に曖昧(あいまい)になり、お門違いの戯言(ざれごと)を口にした羞恥(しゅうち)さえせり上がってきた。

「的外れではありません」

遠野屋が言い切った。

「おふじさんがそう感じたのなら、あのお客には、この場にそぐわない何かがあるのです」

「遠野屋さん、でも、あの」

遠野屋がふるりと笑んだ。それだけで、おふじの強張りは拭い去られる。息が喉を滑らかに通る。

一瞬だが、遠野屋に手玉に取られているように感じた。

嫌だよ。倅と変わらぬ年の男に。

おふじは背筋を伸ばし、胸元を手早く直した。

「では、遠野屋さん。あたしはあたしで楽しませていただきますね」

「はい。おふじさんの心に適う品があればよろしいのですが」

「ありますとも。ほとんど全部って言ってもいいぐらい」

ほほとおふじは笑ってみせた。

江戸の女、梅屋の女将、伊佐治の女房。他人からすればあまりに細やかな、取るに足らない立場ではあろうが、おふじにとっては堅牢な矜持の柱だった。

若造に翻弄されるわけにはいかない。

会釈し、遠野屋の横を擦り抜ける。

半襟と手絡の台の前で、振り返ってみた。遠野屋は商人風の恰幅の良い男と笑い合っていた。

男は佐賀町に店を出す小間物問屋の主だった。男で六代目だという老舗であり、かなりの構えの店でもあった。

「いや、この賑わいには気圧されますな。たいしたものです」

男は二重顎に手をやり、軽く頭を振った。

「廉売とか例の催しとか、わたしどもの古い頭では思いつきもしません。新しい商いの道を拓く、その手本を見せて頂いている心地ですよ。いや、ほんとに情けない話ですが、今はただただ唸るしかありませんな。遠野屋さん、あなたは、とんでもない商人ですなあ」

「もったいないお褒めの言葉、痛み入ります」

清之介は軽く頭を下げた。

男が皮肉も下心もなく、心底から感心、称賛しているとわかる。遠野屋の商いが伸び、膨らみ、大きくなるに連れて、清之介への同業者による風当たりも強くなった。集まりに出ると嫌味、皮肉をぶつけられるのは毎度のことで、聞こえよがしに悪態をつかれたり露骨に潰すぞと脅されたことすらある。おりんが亡くなって間もなく「これで遠野屋もお終いだ」と手を打って喜んだ者がいたと耳にしたときは、さすがに生々しく熱い怒りを覚えたが、何とか凌いだ。今でも心無い誹謗や妬心からの悪意を受けることはあるが、さほど気にならなくなった。

妬くのも羨むのも、誇るのも憎むのも勝手だが、そこに囚われていては商いは回せない。心を向ける道筋を誤れば、商いの命脈は尽きる。実際、おりんの死を手拍(てばた)きした男の店は昨年の中夏(ちゅうか)、潰れていた。

「これだけの廉売を定(き)めて開くとなると、やはり、職人さんとの結びつきが要(かなめ)となりますな」

佐賀町の商人が目を細める。その眼つきのまま、視線を泳がせる。

見ているのだ。

遠野屋の商いの有り方、やり方を奥の奥まで見定めようとしている。男の頭の中では、己(おのれ)の商売と照らし合わせての思案が渦巻いているのだろう。

立場が逆なら、清之介もそうする。

良いものは良いと認めたうえで、その良さを習う。学ぶ。模索する。他人を嫉(そね)む暇(いとま)などないのだ。それにと、清之介は薄笑いを浮かべそうになる。

それに、木暮さまの毒に比べれば、誰の邪心も蛇心もかわいいものだ。何ほどのこともない。とすれば、おれはあの方にずい分と鍛えられたことになる。

ありがたさなど微塵(みじん)も湧いてこないが、奇妙な縁(えにし)だとは感じる。

木暮信次郎という男がきれいさっぱり消えてくれたらどれほど心安いかと思う。いや、心安いに決まっているのだ。視線に刺し貫かれることも言葉に抉(えぐ)られることもなくなる。この上ない幸いだ。しかし、どこか風景が褪(あ)せてしまいはしないだろうか。毒々しい光に慣れた眼には、刺すものも抉るものもない平穏な日々が、色褪せた薄鼠色に映りはしないだろうか。

背中のあたりが冷えてくる。信次郎に拘る己に寒気がするのだ。

気息を整えて、生粋の商人に答える。

「そうですね。若い職人さんの品が主ですから、売り物として十分な出来で、安価に仕入れられる物が要りようになります」

「そうでしょうなあ。とすれば、職人の腕を見抜く眼と、長い丁寧な付き合いがいる。なるほど、遠野屋さんはゆっくりとときをかけて、ここまで商いを育ててこられたわけか。目先の益ばかりに囚われていると、とうてい無理ですねえ」

そこで、男は右手を僅かに振った。

「いけない、いけない。遠野屋さんはお商売の最中でしたな。邪魔する気は毛頭ありませんので。ただ、もう少し、ここでお店の様子を見させて頂きますよ」

「奥で茶などお出ししますが」

「いえ、ここがよろしいのです。客の方々の顔つきがよく見えますのでねえ。みなさん、いいお顔をしていらっしゃる」

男は穏やかに笑み、視線だけを動かした。

全てを見定めようとする商人の眼だった。

男から離れ、清之介は店の奥に歩を進めた。

そこに女が佇んでいる。

店内の喧騒から一歩引いて、その喧騒を眺めている。

しっかりとした眼差しだ。

さらに近づき、清之介は軽く腰を屈めた。

女が息を呑み込み、瞬きをする。

「阿波屋さんのお内儀でいらっしゃいますね」

「あ、はい。芳でございます。遠野屋のご主人にはお邪魔になるかと思い、挨拶を控えさせていただきました」

「挨拶など無用です。今日の催し、楽しんでいただけておりますか」

「はい、ご無理を申し上げて横入りしてしまいました。心苦しくはあったのですが……でも、来られて本当によかった」

「気に入った品がございましたか」

「それはもう、たくさんに。でも、品より」

お芳が顎を上げる。

「この賑わいに心惹かれました。商いには命が宿る。そのお手本を見せられているようです」

お芳はほっと息を吐き出し、真顔のまま続けた。

「遠野屋さん、不躾ながらお尋ねしてもよろしいでしょうか」

「なんなりと」

「この催しにどれくらいの職人さんが関わっておられます？」

「そうですね。ざっと十三人ほどでしょうか」

「そんなに？　引き札によりますと、みな若い、年季明けあたりの職人さんたちとのことですね」

「そうです。ですから、未熟と言えば未熟な出来の品も並んでおります。いや、ほとんどがそうかもしれません。ただ、その未熟が疵だけではない物を選んだつもりではありますが」

「未熟が疵でなく美質にもなると？　そんなことがあるのでしょうか。俄には信じ難い気がいたしますが。でも……」

お芳の口元が僅かに綻んだ。数歩前に出て、台の上から平打の簪を取り上げる。飾りを扇形にした赤銅の物だ。二十歳そこそこの職人の作だった。

「こういう品が目の前にある。納得するしかありませんね」

「気に入っていただけましたか」

「おもしろいと感じました。扇の形はやや歪ですがきれいですね。とても丁寧に作ってある」

「後二、三年もすれば一級の簪を作り出せる。そういう職人です」

お芳が静かに頷く。

「遠野屋さん、心が逸りましたか」

「え？」

「そういう職人を見つけ出したときって、心が逸りますでしょう。嬉しくてたまらないというお気持ちになったのでは？」

「ええ、おっしゃるとおりです。それはもう、心の臓が飛び跳ねるようです。焦りは禁物だと、何度も自分を戒めました」

「ゆっくりとじっくりと職人の腕の程を見定めるわけですね。二年後、三年後にどれほどの職人になっているかと」

「そのとおりです」

「見誤ったことはございますか」

「ありません」

お芳の双眸に光が走る。清之介の答えを不遜と感じたのか、その不遜を厭うたのか鋭い光だった。

「職人の腕を見誤ったことは一度もありません。心算が頓挫したことは何度もありましたが」

「頓挫？」

「ええ、これはと見込んだ職人が病で急逝したり、不意に手慰みにはまり身を持ち崩したり、行方知れずになったり……、酔って堀に落ち亡くなった者もおりました」

お芳は、ほとんど化粧をしていない。生のままの頬が仄かな紅に染まる。

「思い描いた見取り図のようにはいかない。それが世の中ってものなんでしょうかね」

「人の世というものかもしれません」

お芳の顎が微かに動いた。

「ねえ、遠野屋さん」

「はい」

「わたしが阿波屋の女房だと、どうしておわかりになりました。お会いしたのは今日が初めてのはずですが」

問い質す激しさはないが、口調は乾いて硬くなる。

「木暮さまから伺っておりました。身丈のある美しい女人で、直ぐな若木に似て気清しな気配を纏っていると」

「まあ、あのお役人さまがそんなことを」

「はい。ですから、一目でわかりました」

ふふとお芳が笑う。鉄漿をつけていない白い歯が覗いた。

「嘘がお上手ですこと」

「え？」

「わたし、お店に入る前に手代さんに名乗りましたから。無理に横入りさせていただいたのです、とりあえず、名乗りだけはと思いましてね。わたしの外見や気配ではなく、ちゃんと顔と名前を確かめられたのでしょう。その上でご挨拶、くださった」

「いいえ」

言下に否定する。

お芳が唇を結んだ。

「失礼ながら、それはお考え違いです。確かに手代からは阿波屋のお内儀がいらっしゃったと聞きました。ご挨拶せねばとも思いました。けれど、これだけのお客さまがいらっしゃいます。馴染みの方もご贔屓いただいている方も同じ小間物屋のご主人もおられるのです。挨拶の前にお顔と名前を照らし合わせる暇は、正直、ございません。手代たちも多忙を極めておりますし。ですから」

清之介は真正面からお芳を見詰めた。お芳は目を伏せも、逸らしもしなかった。清之介の眼差しを受け止め、微動だにしない。

「わたしは嘘などついておりませんよ、お芳さん。直ぐな若木のような方だと、木暮さまは確かにおっしゃいました」


「花じゃねえんだ。木なんだよ」

信次郎は言った。

「お芳って女を一言でいやあ、直ぐに伸びている若え木ってとこさ」

「牡丹(ぼたん)や芍薬(しゃくやく)でなく、木なのですか」

若木だろうと老木であろうと、女を譬(たと)えるのには適さないように思う。しかし、伊佐治が珍しく主の言葉に同意した。

「なるほど、確かに木みてえな女でやしたね」

それから、少し慌てて言い足した。

「あ、朴念仁(ぼくねんじん)とか木偶(でく)の坊とかじゃねえですぜ。むしろ、しっとりとしたいい女って風情でやすよ」

「それなのに花より木を思わせる方なのですね」

伊佐治の湯呑に新しい茶を注ぐ。京からの下り物の茶は、仄かでありながら爽やかな香りがした。

遠野屋のいつもの座敷だった。

初めの一杯の茶、それを飲み干してから信次郎はお芳の件を切り出したのだ。阿波屋の女房を廉売の日に呼んでくれと。

「無理は百も承知で頼んでるんだ。快く、受けてくれるよな、遠野屋。何てったって、おれとおぬしの仲なんだからよ」

伊佐治が鼻を鳴らす。

「どういう仲なんでやすかね。無理を承知で頼み事ができるような間柄じゃねえでしょうが。少なくとも、遠野屋さんにはそんな義理はござんせんよ。ああ、美味え。ここでいただく茶は、本当に美味えや」

どういう方なのですかと、清之介は問うた。焼け落ちた仕舞屋が阿波屋の隠居の持ち家だったこと、お芳という女が阿波屋の二代目の女房であることはわかった。それだけしかわからない。信次郎がお芳を遠野屋に呼ぶ目論見が読めないのだ。

「花じゃねえんだ。木なんだよ」

それが答えだった。

真っ直ぐな一本の木。真緑の葉をつけ、枝を伸ばす。

どういう女なのか……。

湯呑に茶を注ぎながら、考える。

信次郎の真意が摑めない。ならば、摑めるまで粘るまでだ。

「廉売にお呼びすることは、できると思います」

「そうかい。ありがてえ。これで、おれの顔が立つってもんだ。恩にきるぜ」

「何のためにです」

「うん？」

「何のために、その方をお招きせねばなりませんのでしょう。もう少し詳しくお話しください」

「詳しくも何もちょいといい女だったもんで、今をときめく遠野屋と知り合いなんだと見栄(みえ)を張っちまったんだ。我ながらガキっぽいけどよ、まっ、一旦口から出ちまったものはしかたねえ。何とかしりぬぐいをしてくれや、頼むぜ」

伊佐治が清之介と目を合わせ、肩を竦めた。

「木暮さま、わたしは今、その廉売の用意にかかりっきりになっております。普段よりずっと忙しくも、慌ただしくもあって、正直、刻(とき)を無駄にする余裕はございません」

信次郎は湯呑を手に取り、鷹揚(おうよう)に頷く。

「だろうな。で、それが？」

「木暮さまのいいかげんな誤魔化しに付き合う暇はないと申し上げておるのです」

信次郎の眉根が寄る。面(おもて)が俄に険しくなった。伊佐治がちらりと清之介を窺ってくる。

「おい、遠野屋、おぬしな」

「わたしからお報せしたい儀もございます。刻は限られておるのです。木暮さま、余計な隠し立てもとぼけるのも無しにいたしましょう。お芳さんとやらを遠野屋に招かねばならない、ほんとうのわけを教えていただきます。でなければ、木暮さまからの申し出もお断りいたします」

「けっ」

信次郎が舌を鳴らす。

「お断りいたします、ときたぜ。教えていただきます、だとよ。遠野屋、このところちっとばかり図に乗ってねえか。こっちが下手に出たからといって、大きな顔すんじゃねえぜ」

伊佐治が空咳を一つ響かせた。

「遠野屋さんのおっしゃるこたぁもっともじゃねえですかい。あっしには、遠野屋さんが図に乗っている風にも、旦那が下手に出ているとも思えやせんがねえ」

「うるせえ爺だな。差し出がましい口を利きやがって」

舌打ちの音が続く。

「あっしも忙しいんですよ」

空になった湯呑を置き、伊佐治は居住まいを正した。威厳というほど大仰なものではない。が、紛れもなくここに老練な岡っ引が座っていると感じさせる。並みの者なら、後ろめたさを隠し持っている者ならなお、気圧されるかもしれない。

「旦那に命じられたあれこれを探らなきゃならねえ。手下にだって、指図しなきゃいけねえ。江戸の町を走り回らなきゃならねえんですよ。何で、素直に胸の内を明かさねえんでやす？　出し惜しみしてんですか？　隠居の世間話とは違うんでやすからね、もうちょっと、ぽんぽんと弾みをつけて話を進めてもらいてえもんだ」

伊佐治はわざとらしく渋面を作った。

「何だ、二人しておればかりを悪者にする気かよ」

信次郎が不貞腐れた悪童そのままの台詞を口にした。

おや、存外、子どもっぽい。

清之介は軽く目を見張った。

他人の言葉に不貞腐れるような一面をこの男が持っているのか？

存外、子どもっぽい……わけがない。

くすっ。

信次郎が笑った。

壁にもたれ、膝を崩し、ほんの一時だが確かに笑った。

「四の五の言わずに会ってみなよ、遠野屋。思いの外、おもしれえかもしれねえぜ」

唇の端に薄く笑いを残したまま、信次郎が言う。童ではない。酷薄をたっぷりと含んだ大人の笑みだ。清之介は丹田に力を込めた。

「おもしろいとは、どういう意味です」

「さあて、どういう意味なのか。正直、おれもわからねえんだ。ただ何となくよ、見てもらいてえのさ」

「阿波屋のお内儀を見ろと、そう仰せなのですか」

「そう。遠野屋の旦那がお芳を見て何を感じるか。そこのところが知りてえんだ」

「なぜ、わたしに？」

「おぬし、小間物問屋の主だと言い張ってるじゃねえか。小間物扱いなら女を見る眼は養われてるだろう。その肥えた眼にお芳という女がどう映ったか教えてもらいてえのさ」

「へえっ」

伊佐治が頓狂な声を上げた。

「何だかんだいちゃもんをつけるわりには、旦那は遠野屋さんを小間物問屋のご主人だと認めてるんだ。そりゃあ、めでてえや。旦那が認めようが認めまいが、どうでもいいかもしれやせんが」

「一々、突っかかってくんじゃねえよ。手負いの狐みてえに、やたら噛みついてきやがる。まったく危なっかしい爺だ」

悪態のわりに信次郎の面は荒(すさ)んでなかった。優しさや柔らかさとは無縁だが楽しげであはある。

清之介は顎を引き、さらに気を引き締めた。

信次郎のこういう顔つきは危ない。

獲物を前にした狼が舌なめずりするのと同じだ。獲物が自分なのか他の誰かなのか今のところ判じられないが、狼は狼。飼い馴らされた犬ではない。

獲物は誰なのか、剣呑(けんのん)な笑みや眼差しはどこに向けられているのか。信次郎の眼を覗き込みたい衝動を覚える。覚え、抑えつける。できるのなら目玉を抉り、眼窩(がんか)に指を差し込みたい。そして、引きずり出すのだ。この男の思案、企み、推察、情動、心念、ことごとくを日の下にさらす。底無しの暗い穴から現れるのは奇怪な生き物だろうか、縺(もつ)れ合い絡まり合った面妖(めんよう)な塊(かたまり)だろうか。

清之介は己の指先に視線を落とした。信次郎の血で赤黒く染まっている気がしたのだ。腐臭でありながら甘やかな匂いさえ嗅ぐ。

指は僅かも汚れていなかった。

算盤(そろばん)を弾き、筆を持ち、品を触る。そのための指だ。

手のひらに爪を感じるほど強く握り込む。

誑かされてはならない。引きずり込まれてはならない。惹かれてはならない。

「もう一度、言わせてもらいやすがね」

伊佐治の声がした。淡々とした、暗みとも剣呑とも関わりない声だ。清之介はこぶしを緩めた。

「あっしは焦れてんでやすよ。そろそろ手下どもが帰ってくる時分でやす。遠野屋さんの庭に手下を呼び込むわけにゃいかねえでしょう。旦那、さっさと切り上げて帰りやすぜ」

「うるさくて、怒りっぽい上にせっかちと来た。長生きはできねえ気性だな、親分」

「どなたのせいで、こんな因果な気性になっちまったのか、一度、じっくり考えてみなきゃなりやせんね。じゃっ、ついでに言いてえことを言わせてもらいやすがね、旦那は遠野屋さんにちっと甘え過ぎなんじゃねえですかい」

信次郎の目の縁が動いた。ひくりと痙攣のように震えたのだ。伊佐治は引かなかった。心内はわからないが、外見は変わらず言葉を続ける。

「前にもよく似たことを遠野屋さんに頼んだじゃねえですかい。女を探って欲しいって。ありゃあ、大橋屋のお内儀でやしたね。他の者にそんな頼み事、しやすか？　しねえでやしょ。それを遠野屋さんの都合も顧みず、次から次へと頼み込んで。あっしには、図々しく甘えているとしか思えねえんですよ」

そこで、信次郎が苦笑した。苦笑しながら手を振る。

「わかった、わかった。まったく、親分の遠野屋聶屓にも年季が入ってきたな。まあ、言われてみたらそうかもしれねえな。どうも、女絡みの件は、遠野屋の旦那に頼むのが手っ取り早いと甘えていたのかもしれねえな。痛い所を衝かれたぜ」

清之介は息を呑み込んだ。

違う。

この男が誰かに甘えることも、誰かを恃むこともあるわけがない。あるように見せかけはするだろうが。

なぜだ？

清之介は眼を細めた。

信次郎の視線とぶつかる。

嗤っている。試している。誘っている。

そういう眼差しだ。

どうでえ、遠野屋。おれの話に乗ってくるかい。乗れば、それなりにおもしれえものを見せてやるぜ。

見てえんだろう。人の本性が剝き出しになる刹那をよ。だったら、おれが叶えてやるさ。このおれが、な。

くつくつくつ。

清之介は奥歯を噛み締めた。嗤い続ける眼差しを、全身で受け止める。そして、答える。

「承知いたしました。廉売の初日に、お呼びいたしましょう」

「遠野屋さん、短慮はいけやせんよ」

伊佐治が口元を歪める。父が子を戒める顔つきだ。清之介は、敢えて気付かぬ振りをした。

短慮ではない。むろん、熟慮の果てでもない。

勘だ。

ここで退くわけにはいかない。退いてはならないのだ。

清之介の勘が告げた。商人の勘なのか、己の内にくすぶり続ける刃を握る者としてのそれなのか。

信次郎は視線を逸らし、あらぬ方向を見ていた。清之介に何の気も向いていない風情だ。先刻の嗤いも食い込むような眼差しも掻き消えている。どこか虚ろでさえあった。

何を企てている。

お芳の為人や隠し事を暴くために、清之介を使いたい、そんな申し出を鵜呑みにするほど愚かではない。さりとて、信次郎の思念を見通せるほどの力はない。

この男、何を企てているのだ。

おれをどこに連れ出そうとしている。

何のために、何のために、何のために……。

よかろう。

清之介は腹の中で薄く笑った。

乗ってやるさ。ただし、思いどおりにはならない。みすみす術中に陥りはしない。

おれを翻弄する気なら、それ相応の覚悟はしていただく。

伊佐治が湯呑を片付け始めた。口元は歪んだままだ。ただ、声音だけは妙に明るい。

作り物の明るさだ。ぽんぽんと二度手を打つと、腰を浮かせる。伊佐治なりに気持ちを切り替えようとしているのだ。膝を立てた姿勢で主を促す。

「さあさ、あっしも遠野屋さんも忙しい。旦那だって暇を持て余してるわけじゃねえでしょうが。さっさと動きやしょうぜ。一日は短けえんだ。あっという間に日が暮れちまいやす」

「急くなって。まだ、話は途中だぜ」

「ですから、遠野屋さんにお芳の見定めを頼みてえんでしょ。つまり、旦那なりにお芳に引っ掛かるところがあったが、それが何かはっきりしねえ。だから、遠野屋さんに助けて貰いたいとお願いしたわけでやすよね。頭を下げて頼んだんでやすね。つまり、借りを一つ、作ったってことになりやす。旦那はお武家でやす。受けた恩は忘れちゃなりやせんよ。まあ、旦那の恩返しなんて、遠野屋さんには迷惑でしかねえでしょうが」

伊佐治がまくし立てる。

「うるせえなあ、まったく」

信次郎は小指で耳の穴をほじくり、ため息を吐いた。

「あんまりきゃんきゃん騒いでると、お頭の血の道が切れちまうぞ。ぶっ倒れてから悔いても遅いんだぜ、親分。まあ、そうなったらそうなったで静かでいいかもしれねえがな。おれが急くなって言ったのは、まだ、遠野屋のご主人からの話が終ってねえからよ」

「え？　遠野屋さんからあっしたちに話が？」

「さっき、話したい儀があると言ったじゃねえか。吼えるばかりじゃなくて耳も使いな。で、遠野屋、話してえことってのは例の帯に関わる件か」

「はい」

そうだ大事な話が残っていた。忘れていた自分に少し戸惑う。信次郎といるとどうしてこうも思案が乱されるのか。

清之介は傍らに置いた風呂敷包を膝の前に回した。

「木暮さまと親分さんに見ていただきたいのです」

伊佐治は腰をおろし、信次郎は壁から背を離した。二人とも前屈みになり、清之介の手元を見詰める。

結び目を解く。

「うん……」

「遠野屋さん、これは」

まず伊佐治に、それから、信次郎に目をやり清之介は頷いた。

「ご覧ください」

喜之助の遺品の帯、その上に伊佐治から預かった焦げた帯布を載せる。伊佐治がさらに前のめりになった。

「……同じ物だ。同じ物でやすよ、旦那」

「ああ。多少色合いや古さは違うが、織は同じだ」

信次郎は身体を起こし、清之介に顔を向けた。

「話してもらおうか。遠野屋、どういう経緯でこの帯を手に入れた」

「喜之助の荷物の中から出てまいりました」

「喜之助さんの？」

伊佐治が帯を手に取る。

「これが喜之助さんの荷に……。どういうこってす」

「順を追ってお話しいたします」

清之介は一息つき、身体の力を抜いた。

私情を交えず、能う限り詳しく、事実だけを伝える。遺品の整理の際、行李から出てきた小間物の数々、女たちの名前、夜具と共に仕舞われていたこの帯、そして、よく晴れた日中縁側に座っていた喜之助の姿。

信次郎も伊佐治も一言も口を挟まなかった。相槌さえ打たなかった。清之介が語り終えたとき、伊佐治は詰めていた息を吐き出し、かぶりを振った。

「驚きやした。まさか、ここで喜之助さんが関わってくるとはねえ」

「わたしも、まさかという思いでした。喜之助とは、わたしが遠野屋に入ったときからの付き合いです。十年を超える年月、店の内で顔を合わせ、共に商いに関わってきました。喜之助のことはある程度、わかっていたつもりです」

「どう、わかってたんだ」

信次郎がまた、壁にもたれかかった。

「え？　遠野屋、どうわかっていた？　頑固で融通が利かず、旧弊な商いにしがみついていた男。所帯も持たず雇われ先の世話になって一生を終えた哀れな老人、そんなところか」

「……喜之助には先代とともども商いの基を教えられました。品を見定める眼、職人との接し方、帳面の付け方から算盤まで、一から鍛えられたのです。いわば、師のような面がありました」

信次郎が眉を顰める。

「相も変わらず、並べるのは綺麗事ばかりだな。あの半呆けの番頭が、若い主を快く思ってなかったのは明らかじゃねえか。快く思わないなんて生易しいものじゃなかっただろうさ。我が物顔で遠野屋に入り込んだ若い婿が忌々しくてたまらなかった。〝旦那さま〟なんて口が裂けても言いたくない。それが喜之助の本音だったろうし、おぬしだって十分に察していたはずだ。おりんが亡くなったときだって、喜之助にすれば、おぬしが悲運だの不運だのを背負って来たと思えたんじゃないのか。まあ、あながち的外れな料簡じゃねえけどな」

あんたは、遠野屋に入ってきちゃあいけなかったんだ。

あんたは遠野屋に災いを運んできた。そうなると、おれにはわかっていたんだ。

今際の際に喜之助が遺した言葉だ。怒りも戸惑いも覚えはしなかったが、胸の奥には刻み込んだ。

あの臨終の場に居合わせたような、信次郎の台詞だった。

「遠野屋さんと喜之助さんの間に何があっても、今度の一件とはかかわりねえでしょう」

伊佐治が言い捨てる。

「それより、遠野屋さん、この帯をどうして喜之助さんは持っていたんでしょうかね。心当たりはございやすか」

「ありません。ただ、相当古い代物です。織られてから二十年、三十年はゆうに経っているとのこと。これは、三郷屋さんがおっしゃいました」

「三郷屋さんというのは、例の帯屋さんでやすね」

「はい。この帯と焼け残りの帯を見ていただきました。同じ質であるのは間違いないようです」


同じ質ではある。しかし、どこの産なのか見当がつかないと三郷屋吉治は言った。

「絹でも木綿でも麻でもない。絹に近いようですが、絹ほど光沢がなくて糸が太い。うーん、呉絽服連でもないしなあ。これは……何だろう」

吉治は暫く唸り、ここに親父を呼んでもいいかと問うてきた。

「親父なら、何かわかるかもしれません。何しろ、若いころ国中を歩いて織を学んだってのが自慢なんですからね。南は薩摩から北は蝦夷の地まで足を運んだと本人は言い張りますが、それはかなり眉唾もんですよ。ただ、帯の織については、わたしよりも数段物知りではあります。何か知っているやもしれません。よろしいですか？」

「むろんです。先代にご足労かけるのは気が引けますが、ぜひにお願いいたします」

「気なんか引けませんよ。このところ、孫の世話にも飽きて暇を持て余してるんですから。遠野屋さんのご用事とあれば、すっ飛んでくるに決まってます。じゃ、わたしが文を書きますから、誰か使いにやってください」

吉治の言うとおりだった。手配した駕籠に乗って三郷屋の先代吉蔵が到着するまでに、一刻もかからなかった。

吉蔵は息子とまったく同じ仕草で帯を調べ、同じように唸った。頬が紅潮し、額に汗が滲む。気持ちが高揚しているようだった。ややあって、吉蔵は口を開いた。

「これは……羽馬織かもしれんなあ」

「羽馬織？」

聞いたこともない。

「どこの織だい？　羽馬なんて一度も耳にしたことがないけど」

吉治が首を傾げる。

「おまえは商いの基ができてないからな。緞子と綸子の違いがわかるかどうかも怪しいぐらいだ」

吉治が唇を突き出した。

「ほら、これだ。憎まれ口を利かなくちゃ倅と話ができないってんだから、年は取りたくないよ」

吉治の本音と冗談が半々の嘆きを聞き流し、清之介は膝を進めた。

「ご先代、羽馬織とはどういう物なのですか」

単刀直入に尋ねる。

吉蔵の眉間に皺が刻まれた。

「吉治にはああ言いましたが、この織を知らないのは当たり前なのですよ、遠野屋さん。これは、羽馬藩でかつて作られていたものではないでしょうか。まさか、江戸でお目にかかれるとは夢にも思いませんでした」

「羽馬藩、ですか」

「はい、常陸の北隣にある小藩です。この織は羽馬のさらに北の村で織られていたとか……。村の名前までは覚えておりませんが」

「ご先代は、その村に行かれたことがあるのですか」

「いや、ありません。ただ羽馬織の帯は一度だけですが手に取ったことがあります。あれは確か……わたしが二度目に奉公した『かな丸』という帯屋でのことです。最初の奉公先は入って四年足らずで潰れてしまいましてねえ。ええ、やっと仕事を覚えてこれからって矢先に、裸同然で巷に放り出されたわけですよ。まだ二十歳にもなってなかったなあ。それから、食うため、生きるために端切れ売りを始めたのですがこれがなかなか苦労でして、何てったって……」

「おとっつぁん、おとっつぁん」

吉治が慌てて父親の袖を引っ張る。

「若いころの苦労話はいいから、帯に話を戻して。二度目の奉公先で、その羽馬織とやらを知ったわけなんだな」

「そうだ。けど、話には順ってもんがあるだろう。わしの苦労の上に、今の三郷屋があるんだぞ。少しはありがたいと思え」

「はいはい、わかりましたよ。で、端切れ売りからまた、お店者に戻れた。それが『かな丸』って店なんだな」

「そうだ。奉公人三、四人ほどの小体の店だったが、ご主人の人柄がよくてな、居心地のいい所だった。そこで十年ばかりも頑張って、独り立ちしたわけなんですよ、遠野屋さん。それからはさらにがむしゃらに働きましてねえ」

「おとっつぁん、帯だよ、帯。遠野屋さんは帯についてお尋ねなんだから。おとっつぁんの話は脇に置いといて先を続けな」

吉治が荷物を横にどかす仕草をする。

「わかってるよ、男のくせに口うるさいやつだ。跡取りだ、跡取りだと甘やかしたのが仇になったな。えっと、どこまで話したかな……」

「二度目の奉公先で羽馬織の帯に出会った。その経緯を教えていただきたいのです」

清之介がやんわりと口を挟むと、吉蔵はぴしゃりと自分の膝を叩いた。

「そう、経緯だ。思い出した。思い出した。しゃべっているとはっきり思い出すものですなあ。かな丸の主人が他の織の帯と一緒に並べて、触ってみろと言ったんです。帯のよし悪しは触ってわかる、巻いて確かめるのだと。他の奉公人たちもいました。それで、どの帯はどの織でどこの産でと、みなで当てていくんですよ。子どものあてっこ遊びのようでもありましたが、みんな真剣でした。帯の銘柄や産地を覚えるのは、帯商いの基の基になりますからな。いわば、修業の一環です。それに、見事全部当てられたら褒美(ほうび)をやるなんて主人が言うもんですから、いやが上にもみんな張り切りましたよ。で、これは博多織、こっちは西陣(にしじん)だと次々当てて行って……。わたしは、あの修業で日(ひ)の本(もと)の帯の大半を覚えました。頭でなく、指先が覚えたんです」

「あれ、おとっつぁん、全国津々浦々(つつうらうら)を旅して学んだんじゃなかったのかい？　ずっと、そう言ってきたじゃないか」

「馬鹿だね、おまえは。俳人じゃあるまいし、今のご時世、そう容易(たやす)く旅なんかできるわけがないだろう。それに旅をする暇があるんだったら、働いて稼がなきゃならなかったんだよ」

吉蔵に睨まれて、吉治は肩を竦(すく)めた。「まったく、これだから」と呟きが聞こえる。

吉蔵は改めて清之介に向き直った。やや低くなった声で続ける。

「古参の奉公人もおりましたから、だいたいの帯は当てられたのですが、二条、三条残りましてな。その中に、羽馬織が入っておったわけなのです」

「なるほど、ご先代はそのとき初めて羽馬織を知ったわけですか」

「そうです。初めてです。わたしも帯や布切れとずっと一緒に生きてきましたが、そんな織の名、聞いたこともなかった。主人が教えてくれたのは、確か……山羽(やまば)繭の糸から織るとか……」

「山羽繭？　それはどういったものです？」

滑々(すべすべ)と回っていた吉蔵の舌が止まった。

「……それが、よくわかりません」

腕を組み暫く黙り込んだ後、吉蔵はその腕を解いて口を開いた。

「山繭(やままゆ)という蛾(が)はおります。野蚕(やさん)で繭からは上質の絹がとれます。ただ御蚕(おかいこ)のように人の手で飼うというのが、なかなかに難しいそうで、信濃(しなの)のあたりでのみ養蚕(ようさん)が行われているとか。天明(てんめい)のころから始まったと聞き及びました。繭は御蚕の物より一回り大きくて、やや緑がかっております」

さすがに詳しい。吉蔵の口調は得意気でもなく、淡々としていた。

「そう、繭と言えば御蚕が思い浮かびますが、御蚕の繭ならわざわざ山羽繭とは呼ばないでしょう。御蚕とはまったく別の繭なんでしょうよ。わたしの知っている山繭とも違うようだし……。ほら、この帯を見てもわかるとおり」

吉蔵の手が鶯色の帯を持ち上げる。

「御蚕の絹ほどの艶はありません。手触りも、山繭や御蚕の絹ならもっと滑らかなはずですし、柔らかさもあるはず。繭から取った糸なら絹の内には入りましょうが、やや風合いは異なりますな」

「織り方によるのではありませんか」

「いや、織り方じゃない。糸の太さです」

吉蔵は言い切った。人生の多くを帯とともに生きてきた者の矜持と誇負が滲んでいた。

「この帯の糸は絹よりかなり太いのです。山繭の糸は御蚕より太いですが、それよりさらに太い。そして硬いようです。ですから、どうしても触った感じがごつごつしてしまう。そして、糸そのものに色がついているのではないでしょうかねえ」

「色が？　山繭のようにですか」

自分でも目を見開いたのがわかった。吉蔵が慌てた風に右手を左右に振る。

「いやいや、これは主人が語ったわけじゃありません。わたしが勝手にそうではないかと思っただけです。しかも、今……」

「今というのは、この帯を見たからということですか」

「はあ……そうですが……。何と言いますか……」

歯切れが悪い。口を固く閉じたまま、吉蔵は帯と焼け残った帯の一端を見比べている。

「どうも……よく似ているのです。そっくりかもしれない。あの……つまり、わたしが覚えている帯とこれらが」

「同一の物のように、ですか」

「いえ、物は違いますよ。それは確かです。長さも幅も違いますから。この帯は幅がだいたい九寸、長さが一丈二尺ほどでしょう。娘ではなく年配の女人用でしょうな。わたしが若いころに見たやつは、幅がもう少し狭くて、およそ八寸。多分娘帯だった気がします」

尺を使わずとも、吉蔵には帯の幅と長さが計れるらしい。しかし、さすがと感心する余裕はなかった。清之介は吉蔵の話に引き込まれていく。喜之助の荷物から出てきた帯がするすると動き出し、来し方を語っているようでもある。ただ、謎はまだ、手付かずのまま残っていた。

「でも、色はほとんど変わらないんですよ。多少の濃淡はありますが鶯色、つまり緑と茶と黒が混じり合った色です。絹ならどのようにも染め上げられます。糸が白ですからね。山繭の糸も薄緑で染まり難(にく)くはありますが、他の色が付かないわけじゃない。しかし、羽馬織はわたしの知っている限り、みな同じ色です。この焼け残りさえも鶯色だ。これはつまり、糸そのものが端(はな)から色付きで、絹糸のようにすんなりと染まらないのではと、ふっと、ええ、ほんとにふっと思った次第です」

「なるほど、羽馬織の糸は初めから色がついている。それは山羽繭とやらの色なのでしょうね」

「おそらくそうでしょう。けど、鶯色の繭なんて見たことも聞いたこともありません。まあ、羽馬織そのものが珍しい、めったにお目にかかれない代物ですからね」

「もう織られてはいないと？」

「いませんね」

吉蔵は言い切った。

「言わずもがなのことですが、江戸には、国中からあらゆる品が集まります。そのお江戸で何十年も帯屋をやっていれば大概の帯は目にするし、触れられます。売り物として扱えるかどうかは別にしても、その気になれば織も染もほとんどを知ることができるんです。自分で言うのもなんですが、こと帯に関してはわたしなりに研鑽を積んできたつもりです。帯を深く知らずして、帯屋は務まりませんからな。そこにいくと二代目の倅は考えが浅く、軽はずみなところがあって困りものです」

「おとつつぁん、一々嫌味を言うんじゃないよ。まったく、どうして素直に話を進められないのかねえ。そっちの方がよほど困りものだよ。あ、いいから、嫌味も説教もいいから、おとつつぁんの仕事熱心はよぉくわかってるからさ。常々、感心してたんだ。すごいなって、ね。おれも見習うよ。けど、そのおとっつぁんをしても、二度と羽馬織の帯には出会わなかったってわけだよな」

吉治が父親の顔を覗き込む。頬が僅かながら赤らんでいた。帯の謎に気分を掻き立てられたらしい。吉蔵の方は息子に持ち上げられ、まんざらでもない面持ちになっていた。

「そうだ。多分、ほとんど出回っていない。古い物はいざ知らず、新しい帯は作られなかったのではないかね」

清之介も先代三郷屋の表情を窺う。

「それは何故(なにゆえ)でしょう。なぜ、羽馬織は姿を消したのか、心当たりはございませんか」

「心当たりですか……。遠野屋さん」

「はい」

「これをご覧になってください」

吉蔵は帯を手に取り、障子から差し込む光に翳(かざ)した。

「どうです」

清之介は目を凝(こ)らす。吉治も身を乗り出してきた。

「ああ、これはきれいだ」

思わず呟いていた。

光を浴びて鶯色の帯は淡く底光りしていた。底から翠(みどり)の色が滲み出てくる。

翡翠を思う。

川土手を歩いていると、小さな体を煌かせて川面すれすれを飛ぶ小鳥を時折、見かける。生国の川辺にもいた。旅の途中で目にしたこともある。翡翠にも瑠璃にも譬えられる体色の美しさに、出会う度に心を奪われた。帯から滲み出す色は、その翡翠に繋がっていく。鶯の下に翡翠が潜んでいたとは。

「こういう色合い、隠し色は人の手ではなかなか作れません。どれほどの染師でも難儀でしょう。皆無とは申しませんが。この国にそこまでの染師が何人いるか……。名人以上の名人だ。いたとしても、そのような染師の数は片手の指で足りるでしょうよ」

「この帯がその名人の作だとは考えられませんか」

「考えられません」

これもあっさりと打ち消された。

「そういう職人が染めるとすれば、糸そのものが大層貴重な品になる。その糸に相応しい織手が織り、縫箔師が刺繍し、帯職人が仕上げるのです。一条の帯となったときには、並み外れた値になっておりますよ。ええ、よほどのご身分、よほどの財持ちでなければ身に纏うことは叶いません。山繭の天蚕糸を使った品はべらぼうな値がつきますが、むろん、糸に相応しい作り手、優れた職人がいればこそです。しかし、この帯は」

吉蔵は帯を軽く撫で、清之介の前に置いた。

「織がさほど上等ではない。丹念ではありますが、名人の手とはお世辞にも言えぬ代物です。文様も入っていません。はっきり言いまして、実に質素。まあ、わたしなどは、その質素と申しますか、素朴さに却って心を動かされますがねえ」

「なるほど。糸は美しくとも織はさほどでもない。だから、ご先代は糸そのものに色が付いていたのではとおっしゃるのですね」

清之介も帯を撫でてみる。質素、素朴。確かにそのとおりだ。

「ええ、山羽繭がどういう物か、わたしはまるで知りません。主人の口からただ一度、聞いただけですからね。この世にそんなものが、本当にあるのかどうかさえ疑わしいと思っておりましたし、正直、ずっと忘れていましたよ。この帯を見せられなかったら、忘れたままだったでしょう。けれど、羽馬織の素朴さと色合いはずっと心に残っていたようです。何だか……古い知り合いに出会えたような気がいたします」

吉蔵が目を細めた。言葉通り、旧知の者との邂逅を懐かしむ口調だった。

「この帯はおそらく羽馬の村の女たちが自分で織り、自分で巻いていたのではないでしょうか。もしかしたら、自ら山に入り繭を集めたのかもしれない。山羽繭なるものが本当にあるのならですが。むろん、普段は身に着けていたわけではないでしょう。村の女が素朴とはいえ絹の帯を普段纏うわけにはいかない。おそらく、婚礼や祭祀、そんな大きな祝い事の折にだけ使ったはずですよ」

「女たちにとっては、この上なく大切な物だったのですね」

「と思いますよ。母から娘へ、さらにその娘へと手渡されてきたのかもしれません」

北の地の、さらに北にある村でこの帯は作られたのか。嫁ぐ娘のために母が織ったのか、供物として奉納されたのか、祝いの席で披露されたのか確かめる術はもうない。

喜之助。

最期を看取った老番頭に、胸の内で語りかける。

おまえは何を知っていた。この帯とともにどんな秘め事を抱えていたんだ。それは、抱えたまま彼岸にもっていかねばならぬものだったのか。

眼裏で白髪の老人が俯いている。いつまでも俯いたままだ。

清之介は息を吐き、鶯色の帯をもう一度撫でてみた。もう現の人ではない老人にかわり、顔を上げる。日差しに照り映える障子の白が眩しかった。

「羽馬織と名がついているからには、藩としても特産の品に育てたい意向があったのかもしれませんな」

吉蔵が茶を啜り、呟いた。

「しかし、それは叶わなかった」

「ええ。羽馬織という名前さえ消えかけておるのですからねえ。やはり、繭の調達が難しかったのでしょう。一枚の布を織るにも相当の量の糸が必要になる。御蚕のように卵の折から人の手で育てられるようでなければ、それだけの糸を手に入れるのは難しいでしょう。山繭だとて養蚕の苦労は並大抵ではないそうですから、廃れるのは仕方ないと思いますよ。それにしても、山羽繭とはどういった姿形をしておったのでしょうねえ」

吉蔵が天井を見上げた。そこに望んだものが浮かんででもいるかのように、一点を見詰める。

「山繭なら目にしたことは何度かあります。繭を作ったばかりのころは鮮やかな緑でしてねえ、それにだんだん黄みが混ざってくるのですよ。御蚕はご存じのとおり、白くて艶やかです。山羽繭はどれほどの大きさで、端から鶯色をしておるのでしょうか。芋虫はやはり桑や櫟を餌にするのでしょうか。考えても詮無いとわかっておるのに、つい考えてしまいますなあ」

吉蔵の眼差しが滑るように、清之介の手元まで降りてきた。

「ところで、遠野屋さん」

「はい」

「羽馬織の帯をどうしてあなたがお持ちなのです。よろしければお話し願えますかな」

僅かだが詰問の気配が滲んだ。

「おとっつぁん」

吉治が父親の腕を軽く叩いた。

「何だよ、その言い方。遠野屋さんに失礼じゃないか」

「あ、いえ。ここまで教えていただいたのです、答えるのは当然です。帯の出処を気になさるご先代の気持ちもよくわかりますし」

「遠野屋さん」

吉蔵が空咳を二つ、続けた。

「気になることがもう一つあります。先刻から、わたしをご先代とお呼びになっておられますが」

「え？　あ、はい。三郷屋のご主人は吉治さんなので、吉蔵さんをご先代と呼ばせていただきました。お気に障りましたか」

「気に障りはしませんが……。先代、先代と続けられると、隠居せねばならないような気分になりまして、何となくそぐわない気がするんですよ」

「そぐわないわけないだろう。おとっつぁんは隠居して、代替わりをしたんじゃないか。りっぱな先代だよ。他にどんな呼び方があるんだ」

吉治が思いっきり顔を顰めた。

「大旦那さまというのは如何にも大仰で嫌いだと言ったのはおとっつぁんじゃないか。あれも嫌、これも嫌って我儘は止めてくれ。そうだ、何だったら、ずばりご隠居って呼んでもらうかい」

「この親不孝者が。おまえはすぐにそうやって親を蔑(ないがし)ろにする。今に天罰が下るぞ。覚悟しとけ」

「蔑ろになんかしてないだろう。まったく、年々意固地(いこじ)で僻(ひが)みっぽくなるんだからなあ。嫌になっちまうね」

言い合う父と息子を眺めながら、清之介はなるほどと感じた。

なるほど、こういう父子(おやこ)もあるのか。

思案がふっと帯からも江戸からも離れる。

父上。

実父、宮原中左衛門忠邦(みやはらちゅうざえもんただくに)は二人の息子に何を望み、何を託そうとしていたのか。

何もない。

妾腹(しょうふく)の次男を暗殺者に育て、後嗣(こうし)である長男を抹殺しようとした。己の満足のためなら、宮原の家の断絶(だんぜつ)さえ意に介さなかったのだ。

狂っていたのか、人としての心が欠落していたのか、己の闇に己が呑み込まれてしまったのか。

この帯と同じだ。

この帯を隠し持っていた男と同じだ。

おれには正体が窺い知れない。しかし……。

知らなくても構わないではないかと、清之介は己に語る。

父の正体など知らなくていい。闇に呑まれ闇に融け、いずこかに消えてしまえばいいのだ。

さらに、しかしと思い返す。

この帯の正体、そこに繋がる喜之助の密か事だけは明らかにせねばならない。江戸で、遠野屋清之介として関わりあった謎だからだ。

「実はこの帯は、亡くなりました番頭の遺したものなのです。喜之助と申しまして、独り身で遠野屋一筋に働いてくれた奉公人でした。その者が亡くなり、遺品を片付けておりましたら、これが出てきたのです。焼け焦げの方は、ひょんなことから手に入れました。二つがあまりにそっくりなので気になって、三郷屋さんに見ていただいたわけです」

三郷屋の父子に向かい話す。肝心なところは全て伏したが、だいたいの筋道はわかっただろう。吉治も吉蔵も商人だ。一店を構え、主人として生きてきた、生きている。清之介があえて口にしなかった、できなかった意味をそれとなく察してくれるはずだ。

思ったとおり、二人とも、なぜ帯が焼けているのかとも、なぜ気になったのだとも、そもそも〝ひょんなこと〟とは何だ、帯の焼け残りはどういう経緯で遠野屋の主人の手に渡ったのだとも尋ねなかった。吉蔵は膝に手を置き、吉治はややうなだれて清之介の話を聞いていただけだった。

「なるほど、番頭さんがねえ。では、その番頭さんは羽馬の出だったんでしょうかね」

吉蔵が膝の上の指を軽く丸めた。

「はい。わたしもご先代……吉蔵さんのお話を伺いながら、考えておりました」

喜之助の在所はどこなんだ。

ずっと考えていたのだ。

風が出てきた。

障子が音を立て、光が揺れた。


「羽馬織ねえ」

伊佐治が腕を組む。

「当たり前っちゃあ当たり前でやすが、初めて耳にしやした」

「ええ、廃れてしまった織物だそうですからね。吉蔵さんがいなければわからず仕舞いだったかもしれません」

「けど、これで半歩、前に進んだ気がしやす。殺された女は羽馬織の帯を巻いていた。その帯が今じゃ、珍しい代物だとしたら、なかなかの手掛かりになるかもしれやせん」

うんうんと、伊佐治は首を縦に振る。

「まずは古手屋(ふるてや)を当たってみやす。今まで帯屋ばかりに目が行ってやした。けど、古物しかねえとしたら古手屋の方が……旦那？」

伊佐治が眉を顰めた。

「あっしの話を聞いてやすか」

「聞いてるさ。親分の声は耳に蓋(ふた)をしていても入ってくるからよ。遠慮なんて薬にしたくともないってやつだな」

「旦那に遠慮してちゃ身が持たないもんでね。けど、何をぼうっとしてるんです。遠野屋さんの話のどこかに引っ掛かったんで？」

しゃべりながら伊佐治が信次郎を窺う。清之介も我知らず、探るような眼差しを向けていた。

信次郎の横顔はいかにも気怠(けだる)そうだった。視線も表情もぼやけて、侘(わび)しささえ漂わす。信次郎のこういう顔つきにたまに出くわす。外見の弛緩(しかん)とはうらはらに身の内で思索思案が渦巻き、ぶつかり、火花を散らしている、とわかるようになった。

伊佐治も心得たもので口をつぐみ、その場に腰を落ち着けた。

「遠野屋さん、喜之助さんの生国でやすがね。やはり羽馬だったんでやすか」

小声で尋ねてくる。

「それが、どうしてもわからないのです。なにぶんにも、喜之助が遠野屋に奉公に来たのは四十年ちかくも昔のこと。その間に、二度店を移しています。わたしなりに奉公人の人別帳なり雇い入れ帳を調べてみたのですが、あまりに古い物は始末したのか、どこかに紛れてしまったのかで出てきませんでした。手元にあるのは、遠野屋がこの森下町に店を出してからの分だけです。喜之助を遠野屋に世話した口入屋もすでに代替わりを何度かしていて、何もわからず仕舞いでした」

「さいですか。そう考えると、喜之助さんは遠野屋とともにずっと生きてきたんでやすねえ。長い長い年月を……」

「ええ、今更ながらその重みを感じます」

「おしのさんはどうでやす」

伊佐治の顔色が明るくなる。

「おしのさんなら、詳しく知ってるんじゃねえですかい」

清之介はかぶりを振った。

「思い出せないそうです」

おしののことは、清之介も一番に考えた。亭主とともに遠野屋をおこし、育ててきたお内儀だ。喜之助を誰よりよく知っていた者ではないだろうか。そう思い、尋ねてみた。

しかし、

「喜之助の生国？　知らないね」

あっさりとかぶりを振られてしまった。

「確か……北の方だとは聞いたけどねえ。喜之助は遠野屋を開いて間もなくのころ、先代が連れてきたんだよ。もう二十歳ぐらいになってたかねえ。老けて三十ぐらいには見えたけどさ。正直、奉公を始めるには薹が立ち過ぎって感じだったね。どうも質の悪い口入屋に引っ掛かったらしくて、ほとんど給金無しで働かされていたとか。『苦労人だから役に立つ』なんて先代は言ってたっけね。あたしは、ああそうですかってなもんだよ。亭主が連れてきたのなら、文句を言っても始まらないからね。でも、これがまこと不愛想な男でさ。いつも口をへの字に曲げて算盤を弾いてたよ。あの不愛想は死ぬまで直らなかったねえ」

それだけだった。おしのが喜之助について語れることは、それだけに過ぎないらしい。

おみつも同じようなものだった。

「知りませんね。喜之助さんの生国なんて気にしたこと、一度もないですからねえ。尋ねようと思ったこともないです。でも、あの人、藪入りのときも帰りませんでしたものね、帰る家がなかったみたいです。それより旦那さま、今度新しく小女を雇い入れる件ですけどね。あれ、どんなもんでしょうか。おくみ一人で十分な気がするんですよ」

そっけない上にもそっけない物言いの後、話題を別の方に向けてしまった。

おしのとおみつにそっぽを向かれたら、お手上げだ。清之介の手にはもう切り札は残っていなかった。

「そうですかい。おしのさんやおみつさんでも無理でしたかい」

伊佐治が息を吐いた。寸の間、落胆が眼の中を過る。

「こう言っちゃあ何ですが、喜之助さんという人は、とことん他人との縁が薄い定めでやしたねえ。でも、最期を看取ってもらえたんだ。しかも、あったけえ寝床の中で。幸せなこってすよ」

「ええ……」

清之介は曖昧な頷き方をした。

最期のとき、喜之助の傍らにいたのは清之介一人だ。息を引き取る直前まで、災いと見做していた男に看取られる。それが幸せなのかどうか、決められない。他人との縁が薄いなら薄いまま、喜之助は独りで逝きたかったかもしれないのだ。

「縁の薄さって言うのなら」

信次郎が、帯の焼け端を摘み上げる。

「これを巻いていた女の方がよほど上じゃねえか。喜之助は偏屈で人付き合いが下手で、身内のいねえ年寄り。それだけの者だ。けど、遠野屋の筆頭番頭でもあった。ただのお飾りであっても、一応〝大番頭さん〟だ。生前の姿を知っているやつはたんといる。悪口にしろ、貶し言葉にしろ、為人について語れるやつもいる。けど、この女はどうだ」

信次郎が目を細め、焼け端を見詰める。清之介は一瞬、そこに何かが記されているのかと思った。人には見えない文字を信次郎が読み取っているのかと。

「何にもねえんだよな。見事なほど何も出てこねえ。焼け死んだというのに、身内どころか知り合いさえ現れないんだ。この件、死人が若え女だってことで、読売でもおもしろおかしく取り上げられたし、巷話にもなった。もっとも、すぐに飽きられて今じゃさほど騒がれてもいねえが。それでも、女に心当たりがある者なら、もしやあの娘ではと問い合わせの一つもするんじゃねえのか」

「それが、なかったのですか」

「問い合わせは幾つかあった。ただ、どれも見当違いの筋さ。中には二年前から行方知れずの七十の婆さんだの、神隠しに遭った五つの子どもだのも含まれてたな。ったく、笑うに笑えねえ。玉石混淆なんて言うが、石ころばかりであの女に繋がる報せは一つもねえんだ。ただの一つも、な」

「まるで、本人が端からいなかったかのように……ですか」

信次郎が焼け端を放った。伊佐治が慌てて拾い、紙に包み込む。

「まるで、端からいなかった。ああ、その通りさ。江戸には人がひしめいている。人に紛れることは容易い。けれど、消えちまうのはさすがに無理だ。生きて、暮らして、動いていりゃあ、いやでも他人と接するし、話もするし、小間物だって買うだろうよ」

「誰にも知られず生きる。それは無理ですね」

無理だ。人の生の軌跡は、生き物だ。熱を持ち、においを放ち、色を付けている。それがどんなにか細く、淡い物であったとしても無ではない。

「なぜ、ここまで手掛かりがねえのか。寝たきりの病人や動けず引き籠っている年寄りならまだしも、若え女が生きた跡形が消えちまう。ちっと、不思議じゃねえかい」

「旦那は、そこんとこ、どうお考えなんでやす」

伊佐治が顎をしゃくる。清之介は僅かだが、前のめりになっていた。信次郎が不思議を不思議のままにしておくはずがない。

そこのところをどう考えるのか。

聞きたい。

「あえて、消そうとしたんじゃないか」

信次郎の答えに、伊佐治と顔を見合わせていた。

「他人の覚えに残らないようにしていたと、そういうこってすかい」

「じゃねえのか。誰にも覚えられず、忘れ去られる。それを心がけていなけりゃあ、こうまできれいに消えちまわねえだろう」

「そんなこと、できやすかね。土竜だって、たまには土の上に顔を出して猫や狐に捕まったりしやすよ。人が、しかも若え女が跡形を残さないなんて……。そりゃあ、つまり所帯ももたず、親兄弟との縁もなく……ここまでは喜之助さんと同じでやすが、表立って働きもせず、仲間も知り合いもいなかった、いや、あえて作らなかったってことになりやすよ」

「だな。唯一、女の生き姿を留めたのが東伯なのかもしれねえ。羽馬織の帯を締めた女を絵に残した」

伊佐治が主に顔を向けた。

「焼け死んだ女と絵姿の女、別人じゃありやせんね」

「おそらくとしか言えねえな。今のところ、言い切れるほどの手掛かりがねえからな。けど、同じだ。どちらも正体が知れねえ。この世に跡を残してねえんだ。そういう女が二人もいた。しかも火事の一件を軸にして関わり合う。ちょっと考え難くはある」

「なるほどね」

伊佐治は相槌を打つと背筋を伸ばした。

「けど、人は人だ。土竜じゃねえ。土の下に隠れっぱなしってわけにはいきやせん。生きてりゃ必ず、何かを残しやす。とことん洗い出してみせやすよ。もうちっとばかり、待っててくだせえ」

伊佐治の双眸がぎらつく。信次郎はよく、この老岡っ引を犬に譬える。獲物の臭いを嗅ぎ当て逸る猟犬に似ていると言うのだ。

さもありなんと、今、清之介も思った。

何かを嗅ぎ当てたわけではあるまい。けれど、伊佐治は逸っている。熱を帯びたように眸を潤ませ、口元を引き締める。

謎を解き明かすのは旦那かもしれねえが、その手立ての素を集めてくるのはおれだ。岡っ引の意地や誇負がぶつかり合って火花になる。火花は伊佐治を内側から照らしていた。喜之助にはついぞ見かけなかった、生き生きとした明るさだ。

「待ってるさ。親分の仕事を待ってて当て外れだったこたぁ、一度もねえからな」

信次郎が告げた。中身のわりに冷えた声だった。

「畏れ入りやす」

伊佐治もさほど嬉し気な風は見せなかった。

この主従を少し離れたところから眺めていると、清之介はいつも人と人との組み合わせの妙を感じる。人として認め合っているわけでも、心を通わせているわけでもない。信次郎はいつも独りだし、伊佐治は主人の人柄にときに辟易し、ときに嫌悪さえ抱く。その間に流れるものは憎悪でも慈しみでも損得勘定でもない。慣れ合いですらないのだ。では何かと考えても、清之介にはうまく言葉にできなかった。ただ一つ、奇妙という言葉が浮かんだ。

奇妙な繋がりだ。奇妙に歪んでいる。そのくせ、熟練職人の手になる歯車のようにかっちり噛み合って、回転の大きな力を生み出す。

おもしろい。

こういう奇妙でおもしろい繋がり方が人にはできる。人だからできる。それをこの二人から学んだ。信次郎と伊佐治だから成り立つ繋がり。その行く末を間近で見ていけるなら重畳だ。

「親分」

信次郎が呼んだ。間髪を容れず、伊佐治が答える。

「へい。何でやしょう」

「東伯の弟子を当たってみてくれ」

「絵描きの弟子でやすか」

「そうだ。阿波屋の主人の話によりゃあ、弟子が何人かいたようじゃねえか。そいつらに片っ端から聞いてみてくれ」

「絵の女についてでやすね」

「それと羽馬織の帯についてだ。一言でも二言でもいい。何か言ってなかったか探ってもらいてえ」

「わかりやした。三好屋や長久堂を当たっている手下が帰りやしたら、そっちに向かわせやす。あ、遠野屋さん。今の二店は東伯と仕事のあった版元でやすよ」

伊佐治が律儀（りちぎ）に教えてくれる。

神田の長久堂は、清之介も知っていた。高名な老舗（しにせ）の一つだ。その版元から仕事を依頼されるのなら、東伯はなかなかの絵師だったのではないか。

「それと、遠野屋」

「はい」

「喜之助の荷物ってのはまだ、置いてあるよな」

「はい。そのままにしてあります」

「帯の包みもか」

「はい。ただ、帯は風呂敷に包（くる）まれておりました。畳紙（たとうがみ）のかわりに黄ばんだ古い紙が敷いてあっただけですが」

「古い紙？」

「多分、帯が湿気を含まないように敷いたのだと思います」

「持ってきな」

「え？」

「その風呂敷包を古紙ともども見せろって言ってんだ」

伊佐治が眉を顰めた。

「旦那、世間にはまっとうな頼み方ってものがあるんですよ。何を偉そうに威を張ってんでやすかね。三つの子どもでも、頼み事があるなら、『お願いします』、『何々してください』ぐれえ言いやすよ」

伊佐治の苦口にまるで取り合わず、信次郎は正面から清之介を見据えてきた。

「黄ばむほど古い紙が湿気取りに役立つかい？　本気で帯を保つつもりなら、こまめに取り換える気がするがな」

「あ……」

「そりゃあ、喜之助さんがさほど帯を大切に思ってなかったってこってすかね」

伊佐治がひょいと口を挟む。

「どうだかな。風呂敷に包んで仕舞い込んであったってことは、仕舞い込みたかったのかもしれねえぜ」

「へ？　どういう意味でやす」

「まんまさ。仕舞い込んで忘れたかった。人ってのは忘れてえものを自分から少しでも遠ざけようとするもんだろう。なあ、遠野屋、そうじゃねえか。おぬしだって人斬りに使った刀を床の間に飾ったりはしてねえだろう。どこか、目につかぬところに仕舞い込んでるよなあ。ふふ、喜之助はそれでも、たまぁに帯を出して眺めていた。風に当てていたのかもしれねえ。忘れちまうことができずにいたのかもしれねえ。さて、おぬしはどうなんだ？　たまには手入れのために隠し場所から」

バチッ。

伊佐治が信次郎の目の前で手を叩く。

「わっ、何だ。猫だましかよ」

「猫はかわゆうござんすよ。どんな性悪な野良猫でも、手前勝手な当てこすりなんか言いやせんからね。にゃあにゃあ鳴くぐらいが関の山でさあ。で、何です。旦那は喜之助さんの荷物が気になるんでやすね。帯の下になっていた古い紙がね」

「まあな」

「どうしてでやす」

信次郎が肩を竦める。

「喜之助はそれも帯と一緒に仕舞い込みたかったとは、考えられねえか」

伊佐治が目を見開いた。自分も同じ表情になっているとわかる。目尻が微かに痛んだのだ。

足音がした。

「失礼いたしますよ」

おみつが盆を手に入ってきた。愛想笑いを伊佐治に向ける。

「親分さん、お久しぶりでございますねえ。お口に合うかどうかわかりませんが、召し上がってみてください」

　皿に載った角形の菓子を差し出す。甘い匂いが漂った。

「これは？　見たことのねえ菓子でやすが。いい匂いがしやすね」

「カステイラと申します」

　おみつが胸を張る。

「麦の粉に卵と砂糖と水飴（みずあめ）、蜂蜜を混ぜて焼くんです。葡萄牙（ポルトガル）のお菓子だそうです。焼き方がたいそう難しくてねえ、難儀（なんぎ）いたしましたが、何とか作れました。ぜひ、お味見くださいな」

「へえ、これがカステイラでやすか。名前は知っておりやしたが、口にするのは初めてでやすよ。いい匂いだ。じゃあ、いただきやす」

「はい、どうぞ。木暮さまも、ついでにいかがですか」

「おれはついでかよ」

「あら、そういうわけじゃありませんよ。やだわ、僻（ひが）みっぽい殿方は女に嫌われますよ。ほほほ」

　おみつが高らかに笑う。清之介はその袖を引いた。

「おみつ、喜之助の風呂敷包を持ってきてくれ」

「喜之助さんの？　でも、もう何にもないですよ。敷いていた紙ぐらいですけど」

「それでいいんだ。早く」

主の急いた様子に何かを悟ったのか、おみつはそそくさと部屋を出ていった。

「うん、美味え(うめえ)や。菓子とは言っても、味も舌触りも饅頭(まんじゅう)や羊羹(ようかん)とはまるで違いやすねえ」

伊佐治が皿に残った焼き菓子をまじまじと見つめる。

「おみつが人伝(ひとづて)に作り方を聞いて、何度もしくじりながら何とか形にしたのです。ある程度の物がむらなく作れるようになったら、お客さまに振舞おうかと考えております」

「そりゃあ、ようござんすね。けど、海の向こうにゃあ、あっしの頭じゃあ及びもつかねえ、見たことも聞いたこともねえものがいっぱいあるんでやすねえ」

「そうですね。この国には無いもの、この国にしか無いもの、それぞれあるのでしょうが、海の彼方(かなた)には本当にたくさんの国があって、着る物も食べる物も言葉も信じる神もそれぞれに違っていると聞きました」

「へえ、髪や眸の色も違いやすよねえ。驚きでやすよ。髪はともかく黒くねえ眸で、物がちゃんと見えるもんなんでしょうかねえ」

伊佐治が真顔で自分の目を指差す。

「見えるのではありませんか。眸の色と目性(めしょう)は関わりないように思いますが」

「そうでやすかねえ。信じられやせんよ。でも、遠野屋さんぐれえ若かったら、海の向こうにあるものを見る機会ってのも巡ってくるかもしれやせんよ。商いを国の外にまで広げられる、そんなときがきたら、おもしろうござんすね」

「大きなお話です」

「ただの夢話じゃねえかもしれねえ。遠野屋さんならできる気がしやす。ほんとにねえ、どんな人がいてどんな暮らしがあるのか。ねえ、旦那、ちょいと気分が昂りやすね」

「変わんねえさ」

信次郎がカステイラを摘み上げた。

「食い物が違っても、髪や眸の色が違っても、住む国が違っても何にも変わりゃしねえよ。人は人だ」

「人は人……」

清之介は少しばかり目を細めてみた。

「そうさ。人同士で殺し合いができる。欲、憎しみ、一時の怒り、そして戦。どこの国だって同じ。人は人を殺せるんだよ。海の果てに楽土なんてありゃあしねえ。狩る者と狩られる者、殺す者と殺される者がいるだけさ。なあ、そうだろう、遠野屋」

逃げられやしねえし、逃がしもしねえよ。

含み笑いと呟きを聞いた。はっきりと聞いた。

逃げはしませぬよ。

胸の内で告げる。

あなたから逃げるために、海の果てに渡ったりはいたしません。

ふっと笑みが零れた。

信次郎の眼つきが鋭くなる。

「木暮さまは、取り違えておられるのではありませんか」

「取り違える？」

「木暮さまがいつでも人を狩る側に立てるとは限りますまい。木暮さまも人でありましょう。それなら狩られる側に、食われる側に回ることだとて十分に考えられます」

淹れたての茶を信次郎の前に置く。

「あまり慢心されぬ方がよろしいのでは」

信次郎も笑った。茶を啜り、口元を綻ばす。

「おぬしに何ができる」

笑みを消さず、楽し気に囁く。

「商人の形をして、商人の地歩にしがみつくおぬしにおれが殺れるかい？　今まで手にしてきたもの全てと引き換えになるぜ。それだけの覚悟があるのかよ」

くすくすくす。

信次郎が笑い続ける。

「無理だな、おぬしにはできねえよ。たとえ、おれの首を刎ねても腹を裂いてもおぬしの負けさ。血に塗れて振り出しに戻るだけ。暗殺者ってのはそういうものさ。骨の髄まで血の臭いがこびりついて、他人の血に塗れてしか生きられねえ。誰にわからなくても、おれには臭うんだよ。遠野屋、諦めな。おぬしは生き直しなんてできやしないんだ」

くすくすくす。

くすくすくす。

信次郎の笑声が波のように押し寄せてくる。

清之介は真っ直ぐに顔を上げた。

「誰にも申し上げておりませんが、わたしには一つ、どうしても叶えたい望みがございます」

「望み？　葡萄牙に出店でも作りてえのか」

「木暮さまを看取りたく存じます」

「は？」

伊佐治が茶を噴き出す。こほこほと咳き込む。

「木暮さまが病なりお怪我なりでご最期を迎えられたとき、枕元に座っていたいのです。できれば、葬儀の段取り一切を取り仕切れたらとも思っております。むろん、お武家の礼に則りながら、遠野屋の主として能う限りのことができたらと望んでおるのです。

それは、つまり」

信次郎と視線を絡ませる。殺気も怒気も浮かんでいない眼だった。

「わたしが勝ったということです。あなたを殺さず生き延びたとしたら、わたしはあなたに敗れはしなかった」

一瞬、座敷は静まり返った。が、すぐに哄笑（こうしょう）が響く。

信次郎が天井を仰ぎ、からからと笑ったのだ。

「おもしれえ望みだな。とんだ絵空事（えそらごと）だ」

「そうでしょうか」

「絵空事だ。しかし、まあ、いいさ。望みが潰（つい）えたときのおぬしの顔ってのにも、そそられる。いつ見られるか、楽しみだぜ」

信次郎はカステイラの欠片（かけら）を口に放り込んだ。

「ふむ。甘えな。べたべたし過ぎだ。もっとあっさりしてないと食えねえ。味のわりに生地は軽すぎる。すかすかだ。しっとりと舌に絡んでこなきゃ、饅頭や羊羹にはたちうちできねえぜ」

「味はあっさりと舌触りはしっとりと。わかりました。おみつに伝えておきます」

「焼き方が雑なんだ。粉をこねることばかりに気が行って、火の加減ができてなかったんじゃねえのか」

「それも伝えます。よい助言をいただきました。それにしても、木暮さまが菓子にまで詳しいとは意外です」

「まあな。こう見えても甘党なんだよ。遠野屋が菓子屋だったら、入り浸っていただろうさ」

「それは、あまり笑えぬ冗談です」

伊佐治が空咳を一つした。

「あっしにも、誰にも言ってねえ望みがありやしてねえ」

しみじみとした口調で言う。

「あっしの葬儀にゃあ、お二人揃って来てもらいてえんですよ。でね、二人でちっとはしんみりと思い出話なんかしてもらいてえんでやす。『よく、怒鳴る爺だったな』でも『亡くなって淋しいです』でも何でもいいですから、しんみりと、ほんとにしんみりと穏やかに語り合ってもらいてえ。細やかな望みだと思ってやしたが、葡萄牙に渡るより難しいかもしれやせんねえ」

「親分は百まで生きるさ。おれたちの方が先に逝っちまってるよ」

「そのとおりです。親分さんはいつまでもお元気ですよ」

「何を言ってんだか。まったく、どうして、こういうときだけ口が合うんですかねえ。うんざりしちまいまさぁ」

伊佐治が口をへの字に曲げて横を向いたとき、おみつが入ってきた。

「これでよろしいですか」

風呂敷包を清之介に手渡す。

清之介が手早く包みを解くと、中から黄ばんで染みだらけの紙が出てきた。微かにだが、黴臭い。

信次郎が一枚一枚、紙をめくっていく。

反古ばかりだ。遠野屋では昔から店仕舞いの後、丁稚たちに読み書きを教える習いだが、その折に使う半端紙ばかりだ。それに古い読売が重なっている。

「うん？」

信次郎の手が止まった。

伊佐治が身を乗り出し、主の手元を覗き込む。

「これは……読売でやすね」

「そうだ。見なよ。羽馬藩のことが書いてある」

清之介も膝を前に進めた。おみつさえ、横合いから首を伸ばしている。

「山崩れがあったそうだ。山裾の村々が呑み込まれ、きれいさっぱり消えてしまったとある」

読売には、崩れる山が竜に化して描いてあった。ぐわりと口を開けた竜に逃げ惑う人々。稚拙な絵だが、それが却って人々の怖れを際立たせている。

「なるほどな、羽馬ってのは、毎年のように山崩れだの洪水だのの天災に見舞われているらしいが、『この度の災いはまことに甚大なり。麓の村、ことごとく地より消えたれば、まさに地獄の如きなり』とある。江戸の読売に載るほどの災異だったわけだ」

「喜之助はやはり羽馬の村、この山崩れに呑み込まれた村の出だったのでしょうか」

「だろうな。この読売だけ半紙の間にきちんと挟んであった。他の紙とは違う。喜之助は江戸で奉公しているときに、故郷を失くしたことを知った。知ったからといって、どうしようもねえよな」

「あっ」と、おみつが声を上げた。

「そう言えば……昔、ほんと昔、先代の部屋で喜之助さんが泣いてたことがありました。先代が難しい顔をして泣いてる喜之助さんを見てて……。あたし、てっきり何か粗相をして叱られているのかとばかり……。そうだ、あの年の秋口、江戸も荒れたんです。雨が降り続いて、堀が溢れて……。もしかしたら、あれは、喜之助さん、読売を読んで……。ええ、喜之助さんが泣くのを見たのは、後にも先にもあのときだけです」

おみつが硬い表情のまま、清之介を見やる。

「旦那さま、もしかしてあの女の名前は……」

「うむ」

清之介は紙入れから、喜之助の書き留めた紙を取り出し、行李の中の小間物のことを告げた。

「この女たちは喜之助の身内だと思います。祖母、母親、姉、妹……。おそらく、みな、山崩れで亡くなったのでしょう。喜之助はその女たちのために金を溜めて、小間物を一つずつ購っていた」

つな、はな、きく、やえ、まつ、みよ。

六人の女たちが喜之助の何にあたるのか、もう知る術はない。そして、決して渡すことのできない品を集め続けた男の心情を解せるとは、口が裂けても言えない。

「喜之助さん……」

おみつが目頭を拭った。喜之助が亡くなって、初めて流した涙だ。

「てことは、この帯は身内の女の形見ってことになるな」

信次郎が顎をしゃくる。

「喜之助が村を出るとき、母親が持たせたのでしょうか。羽馬に繋がる物として」

「あるいは守り神の代わりだったのかもしれやせんよ。自分で作ったものを身代わりにするってのは、よく聞きやすからねえ。帯に喜之助さんを守ってもらいたかったんじゃねえですかい」

伊佐治の声も湿っている。

「まあ、しかし、これで見えてきたぜ。山が崩れ、村が消えて、羽馬織に入用な山羽繭も織手もいなくなった。そして、そのまま廃れちまったわけだ」

「その羽馬織の帯を、焼け死んだ女は締めてやした」

「刺し殺された女だ。まあ、ちょいと羽馬藩を探ってみねえといけねえな。これはなかなか難儀だぜ。金がかなりいるな。遠野屋」

「はい」

「金を貸してくれねえか。利平無し、返し期限無しでな」

「いかほど」

「そうさなあ、まずは百両、用意してもらおうか」

「百両を利平も期限もつけずに、ですか。無茶でございますね」

「無茶？　遠野屋の身代からすりゃあ端金じゃねえのか」

「商人にとって端金などございません。それだけの金子をお貸しするからには、それに見合った事由がいります」

　信次郎が舌を鳴らす。

「四の五のうるせえやつだ。何だったら、この女をしょっぴいたっていいんだぜ」

　おみつが目を剝く。

「おみつが何の咎を犯しました」

「遠野屋の奥で怪しげな南蛮（なんばん）菓子を作っていた。遠野屋も南蛮人と秘密裏（ひみつり）に取引している疑いがあるって、な。どうだ？」

「どうだと言われましても、言い掛かりでしかありませんが」

「旦那」

伊佐治が腰を上げた。

「いいかげんにしやしょうぜ。旦那だって同心の端くれじゃねえですか。強請（ゆす）り集（たか）りの真似事をして、どうするんです」

苦り切った顔だ。急に五つ六つ、老けたように見えた。

「遠野屋、すんなり百両、出しなよ。そうしたら、この店の大番頭が背負ってたものを全部、明らかにしてやるからよ」

「木暮さま、喜之助が今回の一件に関わっていたと、よもやお考えなのではありますまいな」

「考えてねえよ。けど、羽馬とは関わりがある。おぬしは喜之助の来し方を知ろうともしなかった。そこが先代とは違うよなあ。先代が死に、若い主に代わったとき、喜之助は頼るよすがを失ったのさ。哀れなもんだ。なのに、主ときたら最期を看取ったぐれえで役を果たしたとご満悦だ。遠野屋、今からでも遅くはねえ。喜之助のことをちっとでも振り返ってやんな。どんな来し方があったのか、どんな地で生まれ育ったのか。おれが、力を貸してやるからよ。そのための百両、高くはねえぜ」

信次郎が薄笑いを浮かべた。

身震いするほど酷薄な笑みだ。

清之介は深く、息を吐いた。

第七章　叢雲(むらくも)の空

「直(す)ぐな木」

と、お芳が呟いた。

視線がふわりと揺らぎ、

「あのお役人、本当にそんなことを言われたのですか」

「はい」

お芳は胸元に手をやり、僅かに首を傾けた。

「それは褒め言葉なんでしょうかねえ」

惑う子どものような眼つきになる。

「そう思いますが」

「でも、牡丹(ぼたん)でも百合(ゆり)でも桜でも、花に譬(たと)えられたのなら嬉しくもありますが、木というのはどうなのでしょうね。木では、こんな物が似合わないんじゃないですかね」

赤銅(しゃくどう)の簪(かんざし)を見詰めながら、お芳は仄(ほの)かに笑った。

「お気持ちもないのでしょう」

「え？」

「お芳さん、その簪を挿したいという気持ち、そうないのではありませんか」

「わかりますか」

「わかります。小間物屋ですから。簪よりも商いの様子に心を惹かれておられるのでしょうか」

お芳の黒眸がちらりと動いた。

「怖い方なんですね、遠野屋さんて。でも……ええ、そのとおりですよ。身を飾るどんな物より、商いに惹かれます。自分の才覚で人や品や金を動かす。しくじれば無一文、首尾よくいけば店を一回りも二回りも大きくできる。おもしろいじゃありませんか」

「わかります」

「ふふ、遠野屋さんも商いに魅入られたお人、なんですね。つまり、同じお仲間でしょうか」

「かもしれません」

受け答えしながら、清之介は半歩、足を退いていた。構えるほどではないが、つい心が張り詰める。お芳からはそんな気配が伝わってくる。

なるほどこれは花ではない。

風に散る花ではなく、枝をしならせ立つ木だ。

「遠野屋さん、無理を承知でお願いいたします」

お芳が頭を下げた。

「遠野屋さんのお座敷で催される集まり、あれを一度、見せてはいただけないでしょうか」

三郷屋たちと始めた催しのことだ。

帯、小袖、草履、小間物、足袋……。女が身に付けるあらゆる品を一堂に集め、色合わせ、形合わせをしながら選んでもらう。役者や芸妓、化粧師を呼んで助言を頼むこともあった。茶と菓子を出し、客同士がたわいないおしゃべりに興じる場も用意した。

催しは評判を呼び、申し込みが引きも切らない。今申し込んでも一年の上、待ってもらわねばならなかった。ここで、頭を下げられても受け入れるわけにはいかない。そんな割り込みを許したら、催しそのものに傷がつく。これまで、どれほどの得意先であろうと、豪商であろうと、割り込みを頼まれて肯ったことはない。一度も、ない。三郷屋吉治たちと誓い合ったのだ。何があっても肯うまい。順を守って、きっちりとお客さまをお迎えしよう、と。

その禁を破っては、吉治たちとの間に培ってきた誠までも危うくなる。危ういものを近づけてはならない。しかし……。

「わかりました」

と、清之介は答えていた。

お芳が顔を上げ、息を吞んだ。

「遠野屋さん、本当に……」

「ただし、催しが始まる前にお出でください。座敷の様子をざっとお見せします。長くても四半刻。お客さまが入られる前に帰っていただきます。それでよろしいか」

「ええ、もちろんです。お礼を申し上げますよ、遠野屋さん。あ、これは買わせていただきます」

深々と一礼すると、お芳は簪を手に去って行った。

「旦那さま」

信三が声をかけてくる。お芳とのやりとりを聞いていたのだ。

「よろしいのですか、あんな約束をなさって」

「よくはないな」

よくはない。禁を破るぎりぎりのところだ。なぜ、そんな真似をしたのか信三にも自分にも、上手く説けない。

お芳に会ってみて損はないと信次郎は言った。その言葉に引きずられたのだろうか。

いや、そうではない。引きずられるほど弱くはなかった。では、なぜ？

気になるのだ。

信次郎の真意が、お芳という女が気になる。

「旦那さま、番頭さん、半襟と櫛が品薄になってきました。蔵から出してもよろしいですか」

手代が指図を仰いでくる。

「そうしてくれ。急いでな。信三、他の品の残り具合も確かめなければならんな。何が一番品薄になっているか、後々のために書き残しておいてくれ」

「かしこまりました。すぐに手配いたします」

手代も信三も素早く動き出す。

馴染みの客が、今、入ってきた。

清之介は遠野屋の主の顔で、客に近づいていった。


その男に辿り着いて、伊佐治は心底から安堵した。

男は緑井伴親という絵師だった。東伯の弟子でもあった。東伯には何人かの弟子がいたが、師匠の死後、ほとんどの者の行方がわからなくなっていた。江戸を離れたと思しき者までいた。伴親は、江戸で絵師を続けている数少ない弟子の一人だった。

三十前というが、乱れた暮らしをしているのか、どこか患っているのか、黄ばんだ顔色の、十も十五も老けて見える男だ。しかし、見場（みば）のわりに愛想がよく、伊佐治の問いかけに懸命に答えてくれた。

黒船町（くろふねちょう）の裏長屋には大川（おおかわ）からの風が吹きつけていた。顔料の匂いに満ちた部屋は寒く、足の先からじんわりと冷えが上ってくる。

「先生の亡くなったときの様子ですか？　倒れていたのを下女が見つけたんです。はい、朝方です。寝所（しんじょ）で見つかりました。医者の診立（みた）てでは心の臓が急に止まったのだろうということでしたが」

「先生は、日ごろ身体を悪くしていたなんてこたぁなかったんで」

「ありませんでしたねえ。いたってお元気でしたよ。ただ、これはって女を見つけたときは、昼も夜もなく描き続けるといったところがありましたから、やはり無理が祟（たた）ったのでしょう」

伴親はそこで長い息を吐いた。

「先生の美人画、大首絵（おおくびえ）はすばらしいものです。歌麿（うたまろ）にも匹敵するとわたしは思っておりますよ。誰にも師事（しじ）せず、独学で描いてこられたのですから、たいしたものだ。もう少し生きておいでだったら、どんな傑作を残されたか……」

「独学でねえ……。じゃあ、絵師になる前は何をしておいでだったんでやす」

伴親は腕組みをして、唇をもぞもぞと動かした。

「それは……伺（うかが）ったことがなかったなあ。あの、でも……」

「何か？」

「いや、一度だけ先生がもしもと言われたことがあったと」

「もしも？　もしも、何でやすか」

「いや、もうずいぶん前のことだからなあ。確か、えっと……版元に呼ばれてご馳走（ちそう）を頂いたときだったはずだ。先生はずい分と酔われて……わたしが肩を貸して、酔い醒ましに歩いて帰っていたんですよ。そしたら、ぽつんと『もしも、おれが本物の絵師だったらなあ』とおっしゃって」

「本物の絵師ってのはどういう意味なんで？　まるで東伯先生が偽物みてえに聞こえるじゃねえですか」

「そうそう、だから、わたしも驚きましてねえ。酔った上での戯言（ざれごと）にも聞こえませんでした。ええ、あれは本気の一言でしたよ」

「先生は自分を本物じゃねえと思っていたわけですかねえ。そりゃあ、謙遜（けんそん）ってやつですかい」

「師が弟子に謙遜したりはしません。何か、先生なりに心に掛かることがあったんでしょうかねえ」

　そこで、伴親は僅かに身を屈（かが）めた。

「わたしはね、先生は自裁なさったのではと、考えることがたまにあるんです」

「自裁でやすか」

「ええ、先生の内に何か鬱々としたものがあって耐えきれず……。ああ、でも、それはないですね。首を吊ったわけでも、喉を裂いたわけでもない。勝手に心の臓を止めて死ぬなんて芸当、できるわけがありませんからね。ただ、あのときの先生の顔つきを思い出すと、何となくそんな気がしてしまってね」

「伴親さんはどうなんで？　東伯先生を本物の絵師だと思いやすか」

「はい」

迷いのない返答だった。

「先生は、間違いなく絵師でした」

伊佐治は、羽馬織の帯を締めた女の絵を広げた。

「これに見覚えがありませんか」

伴親は暫くの間、絵に見入っていたがゆっくりとかぶりを振った。

「ありません。けれど、これは先生の作ですね」

「そうでやす。この絵姿の女が誰かご存じないですかね」

「うーん、先生の絵の女はたいてい知っているが……、この女は見当がつきませんなあ」

やはり、駄目か。

落胆を面に出すまいと、伊佐治は腹に力を入れた。

「おしいなら、知っているかも」

伴親の呟きが耳朶に触れた。

「おしい？」

「通いの下女ですよ。先生の亡骸を一番に見つけた女です。五十近い婆さんですが、しゃきしゃきよく働いてました。おしいなら、何か知ってるかもしれない。えっと確か、住まいは先生宅からそんなに離れていない長屋で……、ああ、四郎店とか言ってました」

細い糸が一本、切れずに残った。

礼を告げると、伊佐治は黒船町の裏店を飛び出していった。


「見たことあります」

それがおしいの返事だった。

伊佐治は飛び上がりそうになった。

「ほんとか、ほんとに知ってるのか」

「知りませんよ。でも、見たことはあります」

おしいは白髪の目立つ鬢の毛を手櫛で掻き上げた。痩せて、やつれた女だった。しかし、袖から覗いた腕は白く、きめ細かく、艶があった。昔はそれなりに美しい、いい女だったようだ。もっとも、今の伊佐治には老女の肌の艶も来し方もどうでもよかった。

「見たって、どこで見たんだ」

身を乗り出していた。

「一年ぐらい前になりますかねえ。あたしが帰ろうとしたら、裏木戸の所から庭に入るのが見えました。夜でしたよ。その日は片付けに手間取って、遅くまで残ってたんです。たぶん、宵の五つは過ぎていたと思います」

「夜なら、顔形までは見えねえだろう」

「月が出てました」

おしいが顎を上げる。伊佐治の詰問口調が癇に障ったらしい。

「なるほど月明かりで、見たわけか。それで、それはこの女に間違いねえかい。よく見てくんな。おしいさんが頼りなんだ」

ここで、機嫌を損ねて口を閉じられたら元も子もない。伊佐治は一朱金をおしいの手に握らせた。おしいが「まあ」と声を上げた。

「どうでえ、この女だったかい」

「ええ、この人ですよ。間違いありません。すっと裏木戸から入ってきて、慣れた足取りで廊下に上がったんです。あたし、怖くなっちまってねえ。だって、親分さん、足音がしないんですもの」

一朱金を握りしめて、おしいは身体を震わせた。

「庭を歩いているのに足音がしねえ、か」

「そうですよ。幽霊だと思って怖くて、怖くて……走って、家に帰りました。次の朝、先生のことが心配でねえ。幽霊に取り殺されたんじゃないかって気になって気になって……。先生はいつもと変わらぬ様子でした。何にも変わってなくて、あたしはほっとしたんですよ。そうしたら、自分の怖じ気が恥ずかしくなって、結局、女のことは聞かず仕舞いになりました。でも……今、思えば、やっぱり先生は取り憑かれていたんじゃないでしょうかねえ、あんな死に方をなさって……そうとしか思えませんよ」

「先生が亡くなる前におかしな様子は、なかったかい」

暫く考えていたが、おしいは「いいえ、何も」と小声で答えた。

「先生が倒れているのを一番に見つけたのは、おしいさんだったな」

「はい。朝一番のお茶を持っていったときです」

おしいがまた、震える。

「そのとき、何かがいつもと違うと感じたこたぁなかったか」

「とんでもない」

おしいは首を左右に振った。ほつれ毛が揺れて、血の気のない頬にくっついた。

「そんなこと、わかりませんよ。あたしはもう、驚いて驚いて、しばらくは動けませんでした。先生はぴくりともしなくて、それで、亡くなっているってわかって、あたし、悲鳴を上げて廊下に転がり出たんですよ。そのとき、足首を捻っちまって暫く疼きが止まりませんでした」

痛みと怯えを思い出したのか、顔を歪める。

「よく考えてみてくんな。どんな些細なことでもいいんだ」

おしいが黙り込む。黒眸を動かし、必死に記憶をまさぐっている。

「……赤かったかもしれません」

「赤い？」

「ええ、倒れていた先生の顔が赤らんでたんです。お酒を飲んだ後みたいに。でも、お医者さまが来られたときには、もう……。むしろ、死人の青白い顔をしておられました」

どういうことだ？

心の臓の病だと、顔に血が上るのか？

「親分さん、あの女はやっぱり幽霊だったんです。幽霊が先生に憑いて殺してしまったんですよ」

伊佐治は腕を組み、棟割長屋の暗い天井を見上げた。

足音をたてない女。赤らんだ顔。なんだろうな、これは。

呟いてみる。

ああ怖いと、おしいが身を縮めた。


清之介が梅屋に着くと、すでに暖簾は仕舞われていた。軒行灯も消えている。声をかけると、すぐに戸が開いて、おふじがにこやかに笑っていた。

伊佐治は二階の小座敷で待っているという。

「遠野屋さんに、廉売のお礼がしたかったのですが、うちの人が一切近づくななんて言うものですから……。碌なおもてなしができなくて」

頭を下げるおふじに礼を返し、階段を上っていく。狭く急だけれど、掃除が行き届いていた。塵一つ落ちていない。

座敷には伊佐治が一人で座っていた。

「遠野屋さん、むさい所にお呼び立てしちまって」

「いえ、木暮さまは、まだお出でにならないのですね」

「さいでやす。どこで何をしているやら。このところ姿を見ておりやせん。遠野屋さん、お座りくだせえ。この前のお礼にもならないとおふじはむくれておりやすが、今日のところは勘弁ですぜ」

伊佐治は部屋の隅から黒塗りの膳を運んできた。

やはり黒塗りの銚子と盃、小鉢が並んでいる。

「どうぞ、一杯やっておくんなさい」

「木暮さまを待たなくてよろしいのですか」

「待ってたって埒（らち）があきやしません。まったく、自分で遠野屋さんを呼びつけておいて、遅れてくるんですからね。どこまで勝手なのか、呆（あき）れますぜ」

伊佐治は銚子を取り上げ、清之介の盃に酒を注いだ。芳醇（ほうじゅん）な香りが広がる。上質の酒だ。肴（さかな）となる小鉢の野菜と鰊（にしん）の煮付けも絶品だった。太助の手にかかれば、どんな材料でも極上の味わいになる。

見事なものだ。しかし、今日ここに来たのは、極上の料理を味わうためではない。

「遠野屋さん、あっしは東伯の弟子と下働きの女に話を聞いてきやした」

清之介が盃の酒を飲み干したとき、伊佐治が語り始めた。

「親分さん、木暮さまが、まだ……」

「いいんですよ。旦那にはまた話をしやす。どうも、頭の中がこんがらがって、誰かに聞いてもらいてえんで」

酒の美味さが身体に染みてくる。

伊佐治の静かな声に耳を傾ける。

外は月夜だ。犬の遠吠えが長く尾を引いて、消えていった。

「なるほど、東伯という絵師、どこか謎めいておりますね」

語り終えた伊佐治の盃を酒で満たす。

「へえ、どうも裏のありそうな人物でやすよ。とすれば、その死に方ってのも気になるじゃねえですか。おしいの見たっていう足音をさせない女も、妙に赤らんでいたって死に顔も」

「女の方はともかく、赤らみというのは心の臓の病とかかわり合うのではありませんか。医術のことは、よくわかりませんが」

「へえ、あっしもそれを考えやした。心の臓を患うと悪心(おしん)に見舞われて胃の腑(ふ)の物を吐いちまうことがあって、それが喉に詰まると顔が赤黒くなったりするんだそうです。だから、東伯もと考えやした。けど、もしそうなら喉のあたりを掻き毟(むし)るんじゃねえですか。今まで、そういう死体を幾つか見てきやしたよ」

「傷はなかったと？」

「へい。これは、東伯のところに駆けつけた医者に確かめやした。別段、目立つ傷はなかったようで。喉に物を詰まらせたわけでもねえ。それにね、遠野屋さん」

伊佐治が声を潜めた。

「山海屋の主人も同じなんでやすよ」

「え？」

顎を引き、老岡っ引を見詰める。見詰められた相手も軽く顎を引いた。

「そうでやす。旦那に言われて、山海屋のことを調べてみたら、東伯とそっくりだったんで」

「死に方が、ですか」

「そうなんで。昨夜までは元気だったのに、朝起きてみたら冷たくなってたのも、医者の診立てが心の臓の病なのも、顔が赤くなっていたのも同じでやした。家の者の言うことでは、湯上がりみたいに赤い顔をしていたとか。それが医者を呼ぶころには、すっかり褪せていたそうなんで」

「それは。でも、たまたまでは」

〝たまたま〟。信次郎が忌む言葉の一つだ。たまたまで片付けて思案を止める愚を忌み嫌う。

「東伯と山海屋だけなら、たまたまもあるのでしょうが、三人目がいやした」

伊佐治が指を三本、立てる。

驚いた。指先が震えて、酒を零しそうになった。

「山海屋に出入りしていた安蔵って大工なんで。もういい年の爺さんで、山海屋の碁の相手だったそうです。その安蔵が山海屋と前後して亡くなってやす。長屋に一人住まいだったんですがね、夜具の中で冷たくなっていたのを隣のおかみさんが見つけたそうで。

ただ、顔色の方はどうだったか覚えがないと言われやした」

「もしかしたら、もう褪せていたのかもしれませんね」

「へえ、十分、考えられやす」

三人か。三人の男が短い間によく似た死に方をした。それをどう考えるのか。考えられるのか。

三人？　いや違う。阿波屋の先代、そして帯の女もいる。とすれば、五人だ。

「親分さん、始まりは何でしょうか」

「始まり、でやすか」

「ええ、誰が一番初めに亡くなったのか。阿波屋の先代や女も含めて」

寸の間もなく、伊佐治が答えた。

「阿波屋の隠居でやすよ」

清之介と目を合わせ、伊佐治は眉間に皺を寄せた。

ふっと、お芳の顔が浮かぶ。緩みのない眼差しを思い出す。約束した催しは明日に迫っていた。

階下で物音がした。

「まあ、旦那」

おふじの叫びがそこに混じる。

「どうなさったんです」

伊佐治が座敷を飛び出す。清之介も続いた。

太助の代になってから梅屋は改築され、上げ床が作られた。やはり、おふじとおけいの手で磨き上げられた店内はいつ来てもこざっぱりと気持ちがいい。

その上げ床に信次郎が座り込んでいる。同心姿ではなく、小袖一枚の姿だ。その小袖の肩のあたりが裂けて、薄らと血が滲んでいる。息も荒く、頬にも擦り傷が出来ていた。

「旦那……どうしなさったんで」

「どうもこうもねえよ」

おふじの運んできた水を一息に飲み干し、信次郎は舌を鳴らした。さほど参ってはいないらしい。

「仕事の最中に襲われたんだ」

「へ？　誰にでやす」

「羽馬藩のやつらだろうぜ。『わたしは、どこの誰です』と名乗っちゃあくれなかったけどな。まあ、賊なんてのはみんな礼儀知らずなものさ」

「じゃあ、旦那は羽馬藩のお屋敷を探ってたんでやすか」

「まあな。羽馬藩の下屋敷に勤番する武士を一人、手懐けたのよ。遠野屋の金がずい分と役に立ってくれたぜ。ふふ、岡場所の女に入れあげたあげくすっからかんになって、金のためなら何でもするって男だったな。ただ間者(かんじゃ)の素質はあったらしく、望む以上の仕事をしてくれはしたが」

「けど、それがばれちまったんで」

「ああ、二人で会っていたところを襲われた。おれは、上手く逃れたが……。あいつは今頃、大川に浮かんでいるか、首を刎(は)ねられているかだろうぜ。まあ、主家を裏切ったんだからしかたあるまい。けど、おかげでいろいろと摑めた。成仏してくれるといいがな」

伊佐治の眉間に先刻よりさらに深い皺が刻まれた。

「何が摑めたんでやすか」

「ああ、ちゃんと話はする。その前に、遠野屋」

「はい」

「ちょいと一緒に来てくんな」

「どこにですか」

「外だよ。おれを探して刺客らがうろうろしてるはずだ。ここに目を付けて押し入られたりしたら、親分さんに、とんでもない迷惑をかけちまうだろう。そんな真似はできねえよな」

「はあ……」

「だから、厄介払いをしなくちゃならねえ。なあに、たいした腕の奴はいねえさ。遠野屋の旦那からすりゃあ、おこまと遊ぶより楽ってもんだ」

「娘は関わりないと思いますが」

「ねえよ。ただの譬えだ。ただ、羽馬のやつらには、別段、旧悪を暴こうとしてるんじゃないってことを伝えとかなくちゃな。でないと、後々、付きまとわれたら面倒だ」

「どうやって伝えるのです」

「こういうこともあろうかと、書状を認めてある。これをあちらさんにおとなしく受け取ってもらいてえんだ。そのためには白刃を納めてもらわないとな。殺せとは言わねえよ。ちょいと、地面に転がしてくれるだけでいい」

信次郎は清之介の肩に手を載せ、頼むぜと笑った。

「事の始まりは、お仙の店でだ」

酒を一口飲み、信次郎は言った。

清之介は羽織についた泥を叩く。

梅屋の二階の小座敷は行灯が点り、明るい。汚れは泥だけだった。顔面に肘を見舞った刺客が派手に鼻血を出していたが、羽織に血の染みはついていない。ほっとする。おみつやおしのに見咎められたら面倒なのだ。

刺客は五人いた。みな、そこそこに腕が立った。こういうときのために鍛えられた者の身の熟しだった。

何が楽なものか。

忌々しく思う。思いながら耳を澄ましていた。いつの間にか、忌々しさが消えて、信次郎の話に心が引きずられていく。それもまた、忌々しくはあるのだが。

「山海屋の主人ってのが上総屋の常連で、二度ばかり見かけたことがある。二度目のときにな、酔客に絡まれてたんだよ。どういう経緯か、その客、ひどく腹を立てていた。女のことで揉めたのかもしれねえ。ともかく、その客が山海屋に殴りかかった。けどよ、山海屋はひょいと避けたのさ。避けながら相手の首筋を打った。首筋は人の急所の一つ。これが遠野屋の旦那なら、おれだって驚きゃあしねえさ。けど、貧弱な年寄りだぜ。それが、相手の急所をぴたりと攻める。あ、こいつ、人を殺ったことがあるなと感じたわけよ。感じれば気になる。で、それとなく、山海屋を探ってみることにした。おれも一旦、気になり出すとどうにも落ち着けねえ、因果な性分だからな」

「因果な性分は、そこだけじゃありやせんよ」

伊佐治がぼそりと呟いた。

「うん？　親分、何をぶつぶつ言ってんだ」

「別に、たいしたこたぁ言ってやせんよ。それより、旦那が探っているうちに山海屋が亡くなったわけでやすね」

「そうさ。しかも、その前に馴染みの大工が死んでいた。さらに前には、阿波屋の隠居、そして絵師と次々と亡くなり、最後が羽馬織の帯の女さ。こう死人が続くのは尋常じゃねえよな」

「羽馬藩が関わってるってこってすか」

信次郎は懐から折り畳んだ紙を取り出した。

「これを見なよ。斎藤……おれが手懐けた男だが、そいつに調べさせた羽馬藩のいわば災害史だ。そして、これはおれが旧記から引っ張り出した、江戸の事件簿さ。三十年ほどさかのぼって、調べてある。どうでえ」

伊佐治が目を見張った。清之介も息を呑む。

「羽馬藩で大きな災害があるたびに……、江戸で大掛かりな強盗事件が起こっていますが……」

「その通りさ。大店やときには武家屋敷も狙われた。武家屋敷については町奉行所の旧記には載ってねえだろうから、実際にはもっと数がおおかっただろうな。ともかく、莫大な金が盗まれ、闇に消えた。奉行所もやっきになって盗人を捕らえようとしたが、やつらは今も行方知れずさ。一人もお縄になっちゃあいねえ。まあ、小国とはいえ、後ろにれっきとした藩が控えているんだ。そう容易くは捕まらねえさ」

「木暮さま、それは羽馬藩は強盗の一団を藩として抱え、窮余の折にはそれを使って、金を集めていたというわけですか」

「そうさな。まさに窮余の一策ってやつだ。たいした産業もなく、石高も乏しい。藩の財政はほぼ破綻してたんだろう。腕が立ち、度胸があり、藩のためなら何でもやる。そういう連中を集めてさらに鍛え、殺しも盗みもお手の物、言わば強盗の玄人集団を作り上げた。誰の案か知らねえが、とんでもないことを思いついたもんだぜ」

「山海屋や阿波屋の隠居はその一味だったんでやすか」

伊佐治が唾を呑み込んだ。

「だろうな。おそらく、阿波屋の隠居が頭の役だったんだろうぜ」

「年から考えてでやすか」

「最初に死んだからよ。しかも、他とはちょいと様子が違う。急に倒れたのは同じでも、確か二日ばかり寝込んでたんだよな」

「一年ほど前に中風を患ってそれが治りきらなかったと、掛かり付けの医者は言ってやした」

「隠居はおそらく病死さ。けど、残りは違う。みんな殺された。同じ人間に同じやり方でな。一味が何人いたか確かなことはわからねえ。けど、山海屋や阿波屋のように、江戸で商人として成功した者がいた。盗みで集めた金の分け前で始めた商売だろうよ。むろん、落ちぶれてとっくに死んじまったやつもいたかもしれねえ。そして生き残ったやつらは、みな殺された」

「口封じのためにですか」

息をしづらい。胸の奥に黒い塊（かたまり）ができたような気がする。

「そのあたりは、まだ藪（やぶ）の中だが、おそらく、一味を束ねていた隠居が亡くなれば残った者は抹殺する。そういう掟（おきて）があったんじゃねえのか。むろん殺される側は知らねえだろうさ。隠居と強盗による集金を目論（もくろ）んだ者……藩政の中枢にいたはずの男との密約だったとおれは思っている。何の証拠もねえが」

清之介は我知らず唸っていた。

「藩が強盗の一味を操り金集めをする。とうてい、信じられません」

「信じられねえことが起こるのが世の中ってものさ。羽馬藩を疲弊（ひへい）させたのは天災だけじゃねえ。洪水が続いた翌年、公儀から千代田城南の石垣の普請（ふしん）を命じられている。貧窮した藩からすれば、途方もない掛かりだ。当時の留守居役（るすいやく）が責めを負って腹を切ったほどの騒動になっている。追い詰められたら、強盗でも何でもやるさ。事実、この年、強盗の件数はうなぎ上りだ。何百両も奪われて潰れた店がたんとある。だが、翌年からはぴたりとなくなった。ちょうど、阿波屋や山海屋が店を開いた時分と重なるんだよ。

それと、もう一つ、これは斎藤が金欲しさに、命懸けで持ち出した控え帳の中にあったんだが」

帳面と呼ぶには粗末な、黄ばんだ紙の綴じ込みを信次郎は胸元から取り出した。

「開いてみな」

伊佐治が遠慮がちに紙をめくる。

稚拙な線で、翅を広げた蛾と木の枝にかかった繭の絵が描かれていた。その下には、これはなかなか達者な文字が並んでいる。

「こりゃあ、例の蛾について記されたもんでやすね」

「そうさ、山羽蛾ってのはいわゆる毒蛾だそうだ。おもしれえのは蛾のときは弱毒だが、その前、繭の中の蛹の時分に相当の毒を持つってことだ。羽馬織が廃れたのは、繭から糸を繰り取るときその毒にやられて命を失う者が出てきたのも一因となったと思うぜ。はっきりとは記されてないがよ」

頭の中で閃くものがあった。

清之介は黄ばんだ紙から視線を上げた。

「木暮さま、その毒というのは……」

「気が付いたかい。そうさ、身体の中に入りゃ、人の心の臓を止めちまうって物騒な代物みてえだ」

「それじゃあ、東伯や山海屋はその毒で……」

「心の臓って」

伊佐治が目を剝いた。

「え？　え？　ま、待ってくだせえよ。それじゃあ、東伯や山海屋はその毒で……」

「たぶんな。蛹から毒をどうやって取り出すのか、その方法は記されてない。おそらく、門外不出。羽馬藩の一部の者たちしか知らなかった、他の者が知っちゃあならねえ秘密だったんだろうぜ。まあ、羽馬織に携わった村の者は山羽蛾の蛹がどれほど剣呑なものか、わかっていただろう。毒にやられて命を落とした者だっていたはずだからよ」

「……喜之助の身内もでしょうか」

「さあ、それはわかんねえな。ただ、喜之助の身内だろう女たちは、みながみな山崩れで死んだわけじゃねえかもしれねえ。糸を繰り出していて毒に中てられた女もいたかも……。ふん、推察より上にはいかねえ話をいくら積み上げても無駄ってもんさ。ただ、山羽蛾そのものは、もうほとんど生きちゃいねえようだな。ここにも人の眼に触れるのは極めて稀なりと記されているぐれえだ。山が崩れ、住処を失い滅んでいったとは十分、考えられる」

人を殺せるほどの毒を持ちながら、何と儚い虫であるのか。

「蛾とはいえ、薄緑の翅に金色に近い体のえらくきれいなやつだったらしいぜ。一度見たら、忘れられないほどの、な」

信次郎の一言に清之介は、視線を帳面に戻した。

墨で描かれただけの姿からは、剣呑さも儚さも美しさも伝わってこなかった。

「女は」

伊佐治が腰を上げた。

「あの帯の女はどうなるんで」

「そうさな」

信次郎が酒を呷(あお)った。それから、

「それを明らかにするために、もう一働きしてもらうぜ、遠野屋」

口元を拭い、妙に低い声で告げてきた。


「これは、また見事な」

お芳が頬を染める。

遠野屋の表座敷、襖(ふすま)を取り払い三間を一室にした広さに、品の数々が並ぶ。

襖で仕切られた隣室には化粧師、役者、芸妓、髪結いなどが控えていて、催しが始まると色合わせや模様合わせの助言を受け持った。

「噂では聞いていましたが、これだけの品が一場(いちじょう)に揃うなんて、ほんとうに見事としか言えませんねえ」

視線を巡らせ、お芳は小さく息を吐き出した。

「ここまでにするのは、ずい分とご苦労がおありだったでしょうね」

「まだまだ手探りの最中です。苦労も楽しみも続きますよ」

「これからも変わっていくと？」

「むろんです」

「遠野屋さんの話を伺っていると、商いは生き物だとつくづく感じさせられますね」

「ええ、商いは生きております。だから、おもしろいし厄介だ」

「怖くもありますね」

「その通りです」

首肯する。お芳は仄かな笑みを返してきた。髷に挿した赤銅の平簪が鈍く光る。

「わたしは遠野屋さんのようになりたかった」

笑みを消して、お芳が見上げてくる。張り詰めた強い眼だった。

「遠野屋さんのように、商人として商いの先端に立ってみたかったんですよ」

「お芳さんなら、できたのではありませんか」

「できた……でしょうかねえ」

お芳の指が鬢を撫でる。艶のある美しい髪だ。

「遠野屋さん、わたしは男なんですよ。形は女でも、心の根っこは男なんです。気が付いておられましたか」

「はい」

答えると、お芳は挑むように顎を上げた。

「廉売の折、さる女のお客さまがあなたを見て、美しくはあるが、この場にはそぐわないような気がするとおっしゃいました。それは、あなたが女としてではなく商人としてあの場を見ておられたからでしょう。言い換えれば、女として小間物に心は動かされなかった」

「遠野屋さんもその女の方も鋭いですね。ずっと、隠してきたことをあっさりと見破られましたか。いや、見破られたと感じたからこそ、我身の密事を告げたのですが」

「男であっても女であっても構わないと思います。生き辛さに耐えて己の一生を全うできるなら、誰にも咎められるわけがない」

「本当にそう思われますか。咎ではないと」

お芳の声音に刹那、縋るような調子が加わる。

「はい。咎などではありますまい。お芳さんの咎は、他にあります」

清之介は腰を下ろし並んだ帯の下から、風呂敷包みを取り出した。

お芳も座る。清之介の手元を見詰める。熱い眼差しだ。指の先が焼かれるように感じた。

「う……」

お芳が息を詰めた。

鶯色の帯を見詰める。

「……なぜ、これがここに……」

「あの絵姿の女人が締めていた帯が、こうして、今、わたしの許にある。巡り合わせとは不思議なものです」

「そんなわけがない」

お芳が叫んだ。

「全て燃えたのだ。ここにあるわけがない」

その叫びが消えた後、座敷は束の間だが静まり返った。

襖が微かな音を立てて開く。

「全て燃えたとどうしてわかる。帯についちゃあ、おれも親分も一言も告げてねえはずだぜ」

お芳は信次郎とその後ろに立つ伊佐治、それから清之介を順に見やった。

「なるほど、こういうことですか。わたしとしたことが、まんまと罠に引っ掛かったわけですね」

お芳が肩を揺らして笑う。立ち上がり、するすると退いた。そして、跳ぶ。赤銅の簪を逆手(さかて)に持ち、清之介に襲いかかってきた。

身を捩(よじ)り、避ける。

お芳は、しかし、振り向きざまに横から斬りつけてきた。簪の先は鋭く尖(とが)っていた。刃(やいば)そのものだ。

風が唸る。刃が空を裂く音だった。

速い。

飛燕(ひえん)のようだ。

お芳は飛燕のように動き、猛禽(もうきん)にも似た荒々しさをぶつけてきた。敵を襲い、倒す。そのためだけの動きであり荒々しさだった。

振り下ろされた刃をかわし、清之介は一歩、踏み込んだ。渾身(こんしん)の一撃をかわされたことで、お芳の足が僅かに乱れた。

見逃しはしない。

右腕に痛みが走った。

同時にこぶしが柔らかな肉を捕らえる。お芳の鳩尾(みぞおち)にめり込んだのだ。声もなく、お芳が膝からくずおれていく。

「遠野屋」

信次郎が眉を顰(ひそ)めた。

清之介の袖を裂き、小さく舌打ちした。

「ちっ、やられたか」

「え？」

「ちょっと痛えぜ。我慢しな」

脇差を抜くと、刃の先で傷口を薄く切り裂く。

「旦那、何を……」

伊佐治がぽかんと口を開けた。

血が流れる。信次郎はそこに強く唇を押しあてた。懐紙に、吸った血と唾を吐き出す。懐から竹筒を取り出すと中身を口に含み、また、懐紙に吐き出す。強い酒の香がした。清之介の傷の上にも注ぐ。

「つっ」

痛みに思わず顔を歪めた。

「情けねえ顔、すんじゃねえよ。毒が回って心の臓が止まるより、よっぽどマシじゃねえか」

白布で清之介の腕を縛ると、信次郎は二度、首を縦に振った。

「我ながらいい出来だ。帳面に書き付けてあったとおりの手当てじゃあるが。どうでえ、お芳、これで毒消しの役は果たしてるかい。へっ、酒が毒消しになるたあ、粋じゃねえか」

お芳が顔を上げる。額にびっしりと汗が浮いていた。

「口から纏(まと)まった量が入りゃあ危ねえが、この程度の傷なら命取りにはならねえはずだぜ。ちゃんと、手当てもしてやったしな。ありがたく思いなよ、遠野屋」

背筋に悪寒(おかん)が走った。傷のためではなく、目の前に立つ男の薄笑いのせいだ。

「簪に毒が塗られていると、端からわかっておられたのですか」

「見込みはあると思ってたさ。おぬしは思わなかったのか？　だとしたら、ずい分と間抜けなこった。温(ぬる)い生き方をしているうちに、暗殺者としての勘が鈍っちまったようだな」

「暗殺者……」

お芳の顎が震えた。

「ああ、そうさ。おめえと遠野屋は似た者同士なんだよ。善良な商人の皮の下に暗殺者の本性を潜ませている、な。だから、顔を合わせるようにお膳立てしてやったんじゃねえか」

信次郎は伊佐治をちらりと見やり、また、薄く笑った。

「親分の調べによれば、おめえ、阿波屋の隠居に育てられたんだってな。親無しになった遠縁の娘を引き取ったと隠居は周りに吹聴していたそうだが、大嘘(おおうそ)だろう。拾ったのか、買ったのかはわからねえが、これはと見込んだ子どもを手に入れ、育てた。娘としてじゃねえ、暗殺者、刺客としてだ。自分が死んだ後、仲間たちを抹殺するためにな」

伊佐治が身じろぎする。

お芳は、瞬きもせずに信次郎を見詰めていた。

「藩とそういう密約を結んでいたのかもしれねえ。一味を束ねていた頭が亡くなった後、全てを処分するとな。藩の暗部を根こそぎ消しちまう。おめえは、そのための道具だった。違うかい？」

お芳は答えない。黙っている。信次郎は一向にかまわない風に続けた。

「あの女もおめえが殺ったんだよな。あいつは何者だ。年から考えて一味に加わっていたわけがねえ。あの帯を締めてたってことは羽馬藩の者だって証なのか。だとしたら、わっ」

信次郎が身を退いた。

その鼻先を簪の先が掠める。

「おや、避けたか。舌だけじゃなく身も軽いんだな」

「おめえの動きが鈍くなってんだ。遠野屋の当身がまだ効いてるんだろうよ」

「そうか。じゃあ、遠野屋さんはおまえの鼻の恩人ってことだ。いつものわたしなら、根元から斬り落とせていたはずだからな」

お芳が唇を持ち上げた。不敵で冷酷な笑みだった。

「あの女も頭の養女だったのだ。藩と頭を結ぶ伝書使の役をしていた。それと、仲間たちをそれとなく見張る役もな。山崩れで壊滅した羽馬の村の生き残りの娘のさらに娘だった。母親も同じ役をしていたとか。あの帯は……母親のたった一つの形見だと言っていた……」

笑みを浮かべたまま、お芳はしゃべった。どこか憑かれたような眼だった。

「わたしとあの女は一時、一緒に暮らしていた。母親が亡くなって天涯孤独になった娘を頭が引き取り、それぞれの役目に相応しく育て上げたわけだ。頭に言わせれば才覚に合わせて役目を振り当てたとか。笑えるだろう。人を殺す才覚、人を見張る才覚。そんなものが何になるのか」

「しかし、隠居……頭でも隠居でもいいが、おめえを倅の女房にしたんだろう」

信次郎が指先で鼻の先を掻く。

「そうだ。わたしは作兵衛太の女房に、女は藩邸の御末として奉公に出された。女の母親も名目は下屋敷の御末だったからな。名目は名目。本当のところ、女は藩の密偵として生きていた。わたしたちは……引き離されたのだ。無理やり、別れ別れにされた。恋仲になってしまったから……」

お芳の声が震えた。

「そう、わたしたちはお互いを恋しいと思っていた。わたしにとって、初めて愛おしいと感じた相手なのだ」

「その相手を殺したわけか」

「東伯に描かれてしまったからだ」

お芳が簪を握りしめた。

「東伯がどこで女を見初めたのかわからない。けれど、強く惹かれて絵姿にしてしまった。密偵が姿を描き留められたのだ。それを知ったとき、頭は『おれが死んだら、まずはあの二人を殺せ』と命じた。自分がそう長くないとわかっていたような口振りだった」

「おめえは、その命に忠実に従ったわけか」

「従うように育てられたからな」

事も無げに、お芳が言い捨てる。

「東伯も山海屋も他の者も毒で殺した。万が一にも繋がりを詮索されないためには、病死と見せかけなければならなかったのだ。まさか詮索してくる役人がいるとはな。わたしの誤算だ」

お芳の喉元が動く。唾を呑み下したのだ。不意に声音が揺れた。

「でも、あの女はわたしのものだ。わたしがこの手でこの指で殺した。ずっと殺したかったのだ。誰より愛しいから、殺したかった。どうせ、わたしもあの女も滅びる定め。そして、二人ともそのことに気が付いていた。それなら、わたしがわたしの一等大切なものを壊したかった。わたしもすぐに後を追うつもりだった。でも未練が……商いへの未練が、わたしをこの世に繋ぎ止めてしまったのだ。でも、旦那のおかげで」

お芳の視線が信次郎に向けられた。柔らかだった。温もりさえ感じられた。

「踏ん切りがつきましたよ。未練はどこかで断ち切らなくちゃね」

簪が震える。

「お芳さん」

清之介は一歩、前に出た。

「お止め下さい。簪は女人を飾る物。命を絶つための道具にだけはしないで貰いたい」

お芳は簪を握ったまま、動かなかった。

遠野屋の店のざわめきが響いてくる。生き生きとした商いの声であり音だ。

お芳は簪を髷に挿した。

「遠野屋さん、わたしはどうしてあなたのように生きられなかったんでしょうかね。あなたとわたしは、どこが違ったんでしょうか」

静かに頭を下げると、お芳は背を向けた。

「お芳」

信次郎が呼び止める。

「女の帯を解いたのはなぜだ。確かに殺すためか」

「違います」

お芳は振り向きもしなかった。

「前にね、女が言ってたんですよ。死ぬ時、羽馬藩に関わりある帯をしていたくないってね。だから……解いてやりました」

お芳が自分の手のひらを広げる。そこに伝わってきた肉の手応えを思い返しているのだろうか。

「女は何て名ぁなんだ」

「教えませんよ」

背を向けたまま、お芳は答えた。

「あの女はわたしだけのもの。わたしと一緒に全て消えるんです。美しい緑の蛾のようにね」

言い捨てて出ていく。

「おや、これはお内儀(ないぎ)さん。お帰りですか」

「ええ。催しが始まるまでってお約束でしたからね。お邪魔いたしました」

「また、どうぞお出で下さいませ」

「ほんとに。今度は正式に招かれて参りますよ」

信三とお芳のやりとりが聞こえる。

「旦那、行かせちまっていいんですかい」

伊佐治が重い口調で主に問うた。

「いいさ、放っておきな。お縄にしたってどうしようもねえ。羽馬藩の旧悪を暴くようなはめになったら、おれの命まで危なくなる」

「じゃあ何で、放っておかなかったんでやす。見ぬ振り、知らぬ振りをすりゃあよかったじゃねえですか」

伊佐治の一言に、信次郎は肩を竦めた。

「お芳を追い詰めなきゃあ、真実は炙り出せねえ。おれは、おれの推察と真実とやらがぴたりと嵌るのを確かめたかった。それだけさ」

「そのために、遠野屋さんに怪我をさせたんで」

「まあな。正直、お芳があそこまで強者だとは思わなかった。お芳は言わなかったが、やはり、武家の出だろうぜ。幼少のころからみっちりと鍛えられている。だから、まあ、隠居に目をつけられたんだろうがな」

伊佐治が胸を押さえて、その場にしゃがみ込んだ。

「あっしは……旦那といると、いつか心の臓が止まりやすよ」

ざわめきがさらに大きくなった。

「旦那さま、旦那さま」

信三が呼んでいる。

着物を着替え、商いの場所に戻ろう。

清之介は何かを振り払うように、かぶりを振った。何を振り払いたいのか、わからなかった。


「お芳が亡くなりやした」

伊佐治が清之介に告げたのは、江戸に初霜が降りた日だった。昼下がりだったから、霜は跡形もなく融けていたが冷気は残っていた。

「阿波屋の商いをきれいに片付けて、店を閉める段取りを付けてたそうでやす。作兵衛太には一生好きなことをして暮らせるだけの金が残ったでしょうよ」

「……そうですか」

「あの仕舞屋の焼け跡で、腹を切っておりやした。切腹でやす。髪も切り落としていやした。男として最期を迎えたんでしょうかね」

「ええ……」

「仕舞屋はお芳とあの女が密かに逢う場所だったようで。お芳の死に顔は……笑ってやした。介錯(かいしゃく)もなしに腹を切って、どれほど苦しかったかと思いやすが……」

伊佐治が俯く。
清之介も膝に置いた自分の指先を見詰めた。
毒を持ちながら儚い、緑の翅を広げた蛾をまた、想う。
あなたとわたしは、どこが違ったんでしょうか。
儚い声が聞こえる。聞こえ続ける。
「親分さん。やりきれない思いがいたします」
「へい。やりきれやせんよ……、ほんとに」
膝の上で指を握りしめる。
やりきれない。
この世はやりきれないことばかりだ。それでも……。
清之介は腕を押さえた。癒えかけた傷が微かに疼く。
それでも、おれはここにこうして生きている。
風が鳴る。
冬が来る。
江戸の厳しい、そして美しい冬がそこまで迫っているのだ。
清之介は冬に染まる前の風を身の内に深く吸い込んだ。
傷はまだ、疼いている。

解説

東えりか（文芸評論家）

二〇〇六年、『弥勒の月』が上梓されたとき、本好きの間ではちょっとした評判になった。

あさのあつこが時代小説を書いた、というのだ。すでに児童文学で大人気作家で、野球少年たちの成長を描いた『バッテリー』（角川文庫）やロングセラーを誇る中学生漫才コンビ小説『THE MANZAI』（ポプラ文庫・角川文庫）など多くのファンが付いている。

時代小説というだけでも意外なのに、そのファンが期待した青春ものでもなく、それとはかけ離れたダークな雰囲気の物語に驚かされた人が多かったのだ。

かく言う私もその一人で、二〇〇九年、「ダ・ヴィンチ」十二月号の「注目のＮｅｏ時代小説作家たち特集」で、何人かの新人作家を紹介した後、こんな文章を寄せている。

――あさのあつこを紹介するのは少し違和感があるかもしれない。『バッテリー』などの作品で押しも押されもせぬ青春小説の担い手だが、時代小説は全く違う顔を持つ。

『弥勒の月』に私は驚愕した。憎まれ役の同心、木暮信次郎と初老の岡っ引、伊佐治、そして訳ありの小間物屋主人、清之介の物語はミステリアス。続編『夜叉桜』でも物語は完結していない。新作『木練柿』は短編集。熟成の度合いがますます高まっている——

少年たちの成長をトレースするような物語を書く作家が、まさか初めて書く時代小説をノワール小説にするとは思いもしなかったのだ。

『弥勒の月』を上梓した直後の「文蔵」（二〇〇六年五月号）（ＰＨＰ研究所）のインタビューは、創作を思い立った経緯を語る今となっては貴重な記録である。その冒頭で、きっかけは藤沢周平作品との出会いだと告白している。

——藤沢さんの描く男性には、ぞくりとするほどの色気、艶があるんです。まだ若い頃、藤沢さんの短編集で成熟した大人の男に出逢い、心の奥深いところを揺さぶられて、私もこんな大人になりたい、いつかこんな男を書いてみたいと思うようになりました——

インタビュアーの「現代でも、色香漂う大人の男がいるのでは？」という問いかけに、「自分の周辺にはいず、現の世界で出逢えないから物語を書く、そして舞台は江戸」だと答えている。

このインタビューから十三年。「弥勒」シリーズは九巻を数え、いまや小説家「あさのあつこ」の顔となり、「おいち不思議がたり」シリーズ（ＰＨＰ研究所）や「燦」シリーズ（文藝春秋）、「闇医者おゑん秘録帖」シリーズ（中央公論新社）など時代小説家として押しも押されもせぬ人気作家となった。

本書『雲の果』は八巻目となる。

神田森下町の小間物問屋、遠野屋の主、清之介が遠野屋に婿入りして十年を超えた。妻のおりんを亡くしたあと、ひょんなことから遠野屋にやってきた赤ん坊のおこまもいつの間にか四歳をこえ、おしゃまな口を利くようになっている。

本書もまた物騒な始まりである。

激しい風の吹く夜、どこかの三間続きの仕舞屋で女が待つ。待ち人に帯を解かれ、道ならぬ恋慕に心を焦がす女は、翌日、火事場から死体となって見つかった。

仕舞屋は米沢町の米問屋、阿波屋の持ち物であることはわかったが、その存在自体、店の者は誰も知らない。当然、その女の正体もわからない。

同じとき、遠野屋では先代からの番頭で、清之介に辛く当たった喜之助の葬儀を十日前に済ませたばかりだった。無類の酒好きで、妻を娶らず、子を生さず、遠野屋への奉公一筋だと公言していた男だが、周りには「頑固で気難しくて、そのうえ吝嗇」と好かれてはいなかった。

遠野屋の女中頭、おみつに惚れていたのではないかと清之介や義母のおしのは思っていたが、それを口にすることはなかった。

死んだ女が誰かを探索する北町奉行所定町廻り同心、木暮信次郎と岡っ引の伊佐治は、仕舞屋の持ち主を割り出し、その女が出雲東伯という絵師によって美人画になっていたことを突き止める。焼け残った鶯色の帯が、その絵にも描かれていたのだ。

帯屋にもわからない、謎の手触りをもつ鶯色の帯は、なぜか亡くなった番頭の喜之助も後生大事に持っていた。そのうえ、吝嗇だと思われていた喜之助が、清之介が見込んだ職人の小間物を買い揃えていたことが発覚する。

喜之助と死んだ女との接点は何か。木暮信次郎はここでもまた、遠野屋清之介とのかかわりを疑う。この事件の裏には何が隠されていたのか。

本書発売時にあさのあつこは「自著書評」を記した。少し長いが一部を引く。本書の雰囲気をよく表していると思う。


――（前略）十二年の歳月、八巻という巻数。正直、ここまで続くとは思ってもいなかった。時代小説が書きたくて、大人の男を書いてみたくて、どうしようもなくて、何の当てもなく書き始めた弥勒の世界は、この『雲の果』を境にして、少しずつ変容していく予感がする。どんなふうにと問われたら答えようがないのだが（我ながら無責任発言ですみません）、この物語を執筆している最中、ずっと追いかけ、見詰め続けた（ストーカーもどきに）二人の、今まで捉えてきたのとは違う一面がふっと浮かんだ気がしたのだ。それを説明するのは困難だし、必要もないと思う。（中略）この『雲の果』は、八巻目にしてエポック・メーキング（些か大仰すぎる表現ですが）な作品になると思うのだ。信次郎がやけに信次郎らしく、清之介がまさに清之介そのものの巻だった。だからこそ、この先、その〝らしさ〟〝そのもの〟の姿が変わっていくのではないだろうか。蛾の幼虫が育ち切ったとき糸を吐き、繭を作り、その中でゆっくりと変態していくように。（「小説宝石」二〇一八年六月号）――

確かにここまでの七巻は、登場人物の背景を詳細に描いた作品が多かった。清之介の出自、おりんとの出会いと遠野屋主人になるまで、伊佐治とその家族、と、彼らの生きざまを知るたびにこの物語が愛しくなった。遠野屋の女中頭、おみつがふくよかになっていく様さえ好ましい。

『弥勒の月』の冒頭で殺された清之介の妻のおりんでさえ、その後の物語の随所に現れ、清之介の心の「弥勒」であり続ける。彼らの生きてきた道程、ひととなりがこの物語の核となっている。謎解きより、人と人とのかかわりに重心があった。

だが本書は少し趣向が違う。このシリーズのなかで一番、謎解きを楽しむミステリー色の強い作品かもしれない。

そもそも木暮信次郎と伊佐治のコンビは、シャーロック・ホームズとワトソンを彷彿とさせる。小さな証拠を積み重ねて推理を巡らす信次郎と、先がわからないままに探索を続ける伊佐治との関係は、バディものの探偵小説そのままである。

事実、あさのあつこは子供のころからホームズのファンであることをエッセイ集『うふふな日々』（PHP文芸文庫）に収録されている「霧の中の妄想」で告白している。ロンドンのベーカー街、霧の風景を見ながら佇むホームズとワトソンの会話を妄想し、ホームズの世界の住人となっていたそうだ。

そのホームズとワトソンよろしく、信次郎と伊佐治の死んだ女への探索は深くなり、そこにいつものように小間物屋遠野屋の商売が絡んでくるのだから、ページを捲る手が止まらない。

私は普段ノンフィクションの書評を多くしているせいか、時代背景があいまいな小説が苦手である。だが「弥勒」シリーズははっきりとした年代を明かしていないのに「この時代に違いない」と思わせる多くの表現がある。

小間物屋がこれほど繁盛し、玻璃の簪などが売られるのは、文化・文政、いわゆる化政時代と言われる江戸文化が一番華やかな時代だと思われる。娘たちの装いも華やかで、小間物屋や帯屋、履物屋もさぞ繁盛していたことだろう。裕福な商人が多く登場することからも想像に難くない。

遠野屋は清之介の代になって、小間物屋としての数々の新商売を発案した。「廉売」は定期的に行う、いわゆるバーゲンだが、清之介の眼鏡に叶(かな)った若い職人の腕試しでもある。

もうひとつが商売仲間と組んで遠野屋の表座敷で行われる、着物や帯、小間物や履物との色合わせや模様合わせの催しだ。こちらはすぐに評判となり、世の女性が数年先まで順番待ちをするほどの人気を博している。商売仲間の連帯が、今回の謎の帯を解き明かす手がかりとなった。

鶯色の独特の手触りを持つ羽馬織の帯は作者の創作だそうだが、実際に幻の帯があると話に聞いたことがあるのだ。蚕みずから平面上で吐糸させて作るこの帯は和紙のような、革のような独特の風合いを持つという。一度、実物を見てみたいと長年思っているのだが、いまだに叶わない。＊参照：福田睦子『庶民の着物おぼえ帖』(幻冬舎文庫)

これまでの八巻で、ほとんどの登場人物の背景は明かされた。残るは何かにつけて遠野屋清之介に難癖をつけるくせに、問題解決の力を借りる同心、木暮信次郎の来し方だ。伊佐治が十手をもらった信次郎の父、右衛門は子供の信次郎とどのような関係であったのか、それを解き明かしたとき、天才的な推理の能力とともに、人を人とも思わない傲慢さの理由が明らかになるかもしれない。

九巻目『鬼を待つ』ではふたたび嵯波藩との暗闘が描かれると聞いている。

ますます目が離せない「弥勒」シリーズ。果たして物語が流れ着く先に何が見えるのか、わくわくと胸を熱くして読み続けることにしよう。

二〇一八年五月　光文社刊

光文社文庫

長編時代小説
雲(くも)の果(はたて)
著 者 あさのあつこ

2020年2月20日 初版1刷発行
2024年11月5日 9刷発行

発行者 三宅貴久
印 刷 萩原印刷
製 本 ナショナル製本

発行所 株式会社 光文社
〒112-8011 東京都文京区音羽1-16-6
電話 (03)5395-8149 編集部
8116 書籍販売部
8125 制作部

落丁本・乱丁本は制作部にご連絡くだされば、お取替えいたします。
ISBN978-4-334-77971-9 Printed in Japan

組版 萩原印刷

佐伯泰英の大ベストセラー！

吉原裏同心シリーズ

廓の用心棒・神守幹次郎の秘剣が鞘走る！

(一) 流離 『逃亡』改題
(二) 足抜（あしぬき）
(三) 見番（けんばん）
(四) 清掻（すががき）
(五) 初花
(六) 遣手（やりて）
(七) 枕絵（まくらえ）
(八) 炎上
(九) 仮宅（かりたく）

(十) 沽券（こけん）
(十一) 異館（いかん）
(十二) 再建
(十三) 布石
(十四) 決着
(十五) 愛憎
(十六) 仇討（あだうち）
(十七) 夜桜
(十八) 無宿

(十九) 未決
(二十) 髪結
(二十一) 遺文
(二十二) 夢幻
(二十三) 狐舞（きつねまい）
(二十四) 始末
(二十五) 流鶯（りゅうおう）

佐伯泰英「吉原裏同心」読本
光文社文庫編集部 編

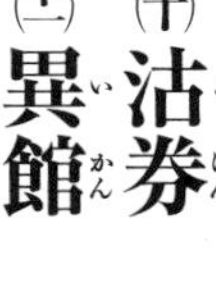

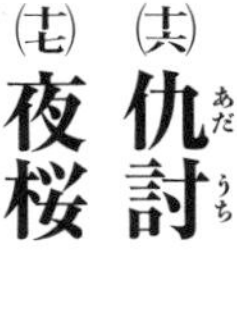

光文社文庫